# RESTAURACIÓN

Charco Press Ltd.
Office 59, 44-46 Morningside Road,
Edimburgo, EH10 4BF, Escocia

*Restauración* © Ave Barrera, 2019
© de esta edición, Charco Press, 2025

Todos los derechos reservados.
No está permitida ninguna forma de reproducción, distribución,
comunicación, o transformación de esta obra sin autorización
previa por escrito por parte de la editorial.

La matrícula del catálogo CIP para este libro se encuentra
disponible en la Biblioteca Británica.

ISBN: 9781917260046
e-book: 9781917260053

www.charcopress.com

Edición y revisión: Carolina Orloff
Diseño de tapa: Pablo Font
Diseño de maqueta: Laura Jones-Rivera

EU GPSR Authorised Representative
LOGOS EUROPE, 9 rue Nicolas Poussin,
17000, LA ROCHELLE, France
E-mail: Contact@logoseurope.eu

2 4 6 8 10 9 7 5 3 1

Ave Barrera

# RESTAURACIÓN

*Para Janet Mérida*

*A la memoria de Lara Barrera*

*Soy, tal vez, el recuerdo remotísimo de mí misma en la memoria de otra que yo he imaginado ser.*

*[...] Soy la materialización de algo que está a punto de desvanecerse, un recuerdo a punto de ser olvidado...*

*Farabeuf,* Salvador Elizondo

# UNO
# ¿RECUERDAS?

La fotografía muestra un cuerpo en el momento de ser desmembrado. El rostro mira hacia el cielo, en trance, lejos del dolor. Lo reconozco. Es mi rostro. Desprendo la foto del tablero. Sostengo la esquina del papel entre el índice y el pulgar. Respiro. Siento agitado el pulso. Soy yo. El cuerpo montado sobre esa estructura de tres estacas es mi cuerpo, desnudo, completamente expuesto; los brazos atados atrás, las clavículas tensas a punto de romperse. Hilos de sangre corren por el torso, desde los pechos cercenados hacia el pubis. De las piernas ya solo se alcanza a ver lo que queda de los muslos. La claridad de la piel contrasta con el telón negro que cubre el fondo y el piso. Soy ese tajo de luz, sinécdoque innegable de una realidad que no reconoce mi memoria. Veo hacia mi cuerpo, este otro, el presente, vestido y con todas sus piezas; de pie frente al tablero de corcho, desfasado de sí. Como quien mira un espejo de tres hojas y se reconoce, pero como algo distinto e inquietante, más real.

En la imagen hay también dos hombres. Se encuentran detrás de mí y sostienen los postes. La sombra o el ángulo les oculta la cara. Uno de ellos es corpulento, viste bata de médico, lleva una sierra quirúrgica. El otro es el dignatario y viste saco de *tweed*. Los brazos de ambos se extienden hacia el cuerpo formando de manera intencional el ideograma chino *liu*. Un tercero es quien hace la toma, quien dispara el obturador en el instante preciso.

Recuerdo la primera vez que Zuri me mostró la casa. Me tomó de la mano para cruzar la calle, se detuvo en la esquina y de pronto dijo: es aquí. Alcé la vista hacia la fachada neocolonial. Era una casona de tres pisos abandonada al abrazo de las enredaderas muertas. Recorrí con la mirada la altura fresca de los muros, los remates de cantera rosa esculpida con volutas y ramilletes en contraste con la lisura blanca de los fondos surcados por grietas y escurrimientos de lluvia. La copa de un tulipanero acariciaba el tejado y la arquería de la torre más alta. La luz del sol palpitaba entre los huecos de las ramas. Tras las cortinas raídas se asomaba la presencia de las sombras y el olvido.

Desde niña, siempre que pasaba frente a una casa como aquella solía invadirme un extraño deseo de rescatarla de su abandono, una nostalgia de caminar sobre el lustre de sus pisos con olor a cera, de soñar bajo esos techos altos y respirar la brisa fresca de la tarde acodada en alguno de sus balcones. Qué ganas de vivir ahí, pensaba al ver desde afuera esos palacios en ruinas, tan desperdiciados. Qué ganas de decir a los dueños que yo, a cambio, podía gustosa encerar los pisos, sembrar las macetas, ahuyentar el silencio con música de viejos discos de *chanson française*, entibiar los salones con crepitar de fuego y olor a pan recién horneado.

Nos quedamos de pie frente al chaflán de la entrada mientras Zuri buscaba las llaves en el fondo de su mochila. Me acerqué al pretil de cunetas de piedra. Cada cuneta estaba tapiada con una celosía de barro en medias lunas superpuestas que formaban un tejido de escamas de pez.

Miré entre los huecos el camino de ronda que sitiaba la construcción como la fosa de un castillo medieval. Metí la mano y acaricié el musgo que había crecido sobre el barro. Zuri extendió el mazo de llaves e intentó abrir con la primera. Parecía nervioso.

Yo, por el contrario, me sentía aliviada, feliz de que las cosas nuevamente estuvieran volviendo a la normalidad. Los días anteriores viví un pequeño infierno. Tuvimos una discusión y él se fue sin decir nada. Ya más de una vez había pasado que se desaparecía durante varios días, de pronto llegaba al instituto, me invitaba un helado y me contaba que había sufrido una de sus crisis. Me pedía que lo entendiera, que fuera paciente. Pero esta vez era distinta, no solo por la discusión, sino porque habían pasado ya tres semanas sin señales de vida. Durante ese tiempo le había mandado toda clase de mensajes: desesperados, conciliadores, cariñosos, despreocupados e iracundos. Luego al desconcierto se le sumó la angustia de mi retraso.

Apenas me estaba haciendo a la idea de que no volvería a verlo cuando recibí su llamada, como siempre, sin saludo ni despedida ni protocolo. ¿Desayunamos mañana?, preguntó como cualquier otro viernes a las 18:40. Vacilé porque quería preguntarle si estaba bien, si estábamos bien, pero sabía que su reacción inmediata sería colgar, así que dije: sí, nos vemos mañana, y en seguida colgó. Casi no pude dormir pensando qué decirle, cómo actuar. Por eso sentí un alivio enorme cuando llegó y me abrazó como si no hubiera pasado nada. Hundió la cara en mi cuello, aspiró profundo, lo sentí sonreír. Luego nos separamos, entramos al restaurante y fuimos a sentarnos en el segundo gabinete junto a la ventana, volteamos nuestra taza y esperamos a que nos llevaran la jarra de café. Él, como cada sábado, pidió huevos Benedictine, pan tostado, jugo de toronja, tarta de ruibarbo. Yo esa vez pedí chilaquiles rojos.

Cuando la mesera se fue con nuestra orden, Zuri empezó a hablar de su viaje a Chicago como si yo estuviera enterada de todo y solo hiciera falta entrar en detalles. Habló de las noches que había pasado en el hospital junto a la cama de su tío abuelo, de lo mal que la había pasado, inquieto, insomne, expuesto a posibles infecciones. Habló del perpetuo olor a leche descompuesta en la casa de su tía Silvia, donde estaba hospedado. Al tercer día don Eligio cayó en paro respiratorio y se sucedieron como un sueño turbio el deceso, la firma de documentos, las despobladas exequias, la lectura del testamento, la voluntad de que sus cenizas descansaran en la vieja casa familiar, abandonada desde hacía más de treinta años.

El encuentro había sido tan liviano y amigable que por un momento pensé en hablar. La conversación hubiera sido algo así como: oye, hablando de clínicas... Sé que las odias y que es todo un tema para ti, pero me piden ir con un acompañante. Dependiendo de su gesto explicaría lo de la prueba de orina y de sangre, le diría que era un procedimiento sencillo y que para mí no implicaba conflicto en absoluto; era lo mismo que ir al dentista y sacarse la muela del juicio porque las muelas del juicio hay que sacarlas y punto. Si lo veía ponerse tenso, me ocuparía de tranquilizarlo: no habría reproche, no habría culpa ni cuestionamiento, no habría más petición que la de estar, ir juntos y que tal vez me ayudara un poco a la salida, que pidiera el taxi, que al llegar a casa me acercara una taza de té, una sopa, el analgésico y la manta. Nada más.

Pero entonces me pidió que lo acompañara a ver la casa. Quería que le diera un vistazo a la construcción para saber qué tan viable sería restaurarla y si estaba dispuesta a dirigir la obra. Y yo claro que estaba dispuesta. Más que dispuesta, estaba feliz de que nuevamente estuviéramos juntos, tan quitados de la pena y con la perspectiva de un plan. No iba a arruinarlo hablando de lo otro, claro que no. Ya habría oportunidad luego. O quizá sería mejor hacerlo por mi cuenta sin decir nada y evitarle el sobresalto, no alterar la calma que empezaba a florecer sobre las cosas.

¿Te puedo robar un bocado?, le pregunté, y él acercó la tarta sin reparo, lo cual confirmaba el progreso, había suelo firme para avanzar. Lo habitual era que respondiera con disgusto, que pidiera una rebanada para mí—y yo me negara porque era demasiado—, y si me dejaba probar él ya no volvía a tocar el plato.

Salimos del restaurante y atravesamos Insurgentes hacia el Parque Hundido. Bajamos por la pendiente del reloj, sorteamos sin prisa las veredas entre perros, gritos de niños, atletas sudorosos y réplicas de monumentos prehispánicos ocultas entre la maleza. Fuimos hasta el extremo opuesto, donde el jardín de setos recortados da paso a un bosque más profundo. Zuri me guio hacia una rampa y salimos por el extremo opuesto del parque. Del otro lado de la calle, tras las copas de tulipaneros, jacarandas y árboles de liquidámbar, aguardaba la casa. Durante algunos minutos, Zuri estuvo forcejeando con la chapa de la reja del chaflán sin dar con la llave correcta. Estaba tenso, de mal humor, sabía que la casa debía estar infestada de insectos y suciedad. Sin embargo, confiaba en mí. Y eso me hacía sentir valiosa. A cada intento tenía que limpiar la llave con una toallita húmeda, abrir y cerrar la cremallera de su mochila tres veces luego de guardar el paquete, fallar y volver a cerrar y abrir tres veces el cierre para sacar las toallitas y limpiar la llave siguiente. Empezó a desesperarse. ¿Y si nos saltamos?, pregunté. La parte baja de las cunetas del pretil llegaba a menos de un metro del suelo, así que no me costó nada apoyar el pie en la base y sujetarme de la celosía para trepar. Fui metiendo las puntas de los tenis entre las escamas, me monté a horcajadas sobre lo alto y salté al foso infestado de lagartos imaginarios. Zuri se había quedado inmóvil y me miraba con el ceño fruncido desde el otro lado de la reja. Le sacaba de quicio que hiciera ese tipo de cosas. Para él era completamente imposible saltar una cadena extendida entre dos postes, agacharse para evitar las cintas en la fila del banco o cruzar la calle con el semáforo en verde aunque no pasara ningún coche. Yo intentaba acoplarme a sus modos, pero en ocasiones me ganaba el sentido práctico de las cosas y eso lo irritaba. Una vez que estuve del otro lado de la reja pude darme cuenta de que la chapa tenía puesto el seguro. Solo era cuestión de quitarlo y abrir.

La puerta de la casa era de herrería forjada con fondo de vidrio chinito, enmarcada por un robusto arco de cantera de medio punto con talla barroca. Un motivo clásico de las casonas neocoloniales de la Ciudad de México. Para llegar a ella había que subir tres escalones. Esta vez la cerradura no opuso resistencia. No hubo advertencia ni presagio. La ráfaga al abrir agitó el hálito umbroso anidado en los rincones y dimos paso al viento cálido de afuera. Nuestra voz estremeció el silencio y marcamos con nuestras huellas el polvo asentado sobre las baldosas.

Tenía once años cuando me rebané la punta del índice izquierdo con una sierra de banda. Estaba cortando una franja de encino para la tapa del cofrecito donde iba a guardar los pendientes de oro rojo con forma de fresa que mamá acababa de regalarme. Por supuesto que tenía prohibido usar la maquinaria del taller, pero estaba sola y me pareció la cosa más simple marcar con lápiz la hoja de madera, apretar el interruptor y serrar, en lugar de pasarme no sé cuántas horas forzando la segueta entre los hilos transversales para que al final el corte no quedara limpio.

Había usado la sierra de banda en repetidas ocasiones, aunque con ayuda de mi padre. Sus brazos rodeaban los míos y eran sus manos las que dirigían la ruta. Creí que estaba lista para hacerlo por mi cuenta. Corté los costados y la base. Mis ínfulas crecían conforme los dientes se iban abriendo paso entre las fibras, concentrada en la línea de grafito. Todo fue rapidísimo. Cuando vi lo rojo y la punta entre el aserrín, no sentí dolor sino desconcierto. No podía entender el paso de un instante al otro, el antes y el después del corte. Encerré la herida en el puño, apagué la sierra con el codo y corrí a casa de mi abuela en busca de mi madre. Ella volvió por el dedo al taller. Lo envolvió en un trozo de papel de baño y lo metió en el bolsillo de mi sudadera. Dijo que tal vez podían volver a pegarlo. La textura densa de la sangre formaba chorros tibios que corrían debajo de la manga. En el coche, de camino a la Cruz Roja, un dolor sordo comenzó a envolverme, no solo la herida sino el brazo, el torso, el cuerpo entero, como si en lugar de cortarme me hubieran dado de golpes con un bate. Sin embargo, el verdadero dolor estalló después, cuando me quedé sola con los paramédicos y abrí la mano para mostrarles aquel índice cortado; cuando saqué del bolsillo el bulto de papel sanitario y se lo entregué.

El médico examinó el fragmento bajo la luz de una lámpara, le dio vuelta con la punta de unas pinzas, torció la boca y dijo: no se va a poder recuperar. El corte estaba cubierto de aserrín. La madera había penetrado en el tejido y por mucho que lavara podía infectarse. Dejó el envoltorio sobre la charola y entonces comprendí que aquel fragmento con su uña y su hueso había sido parte de mí, pero ya no. El médico me tomó la mano y puso la herida bajo la luz, tocó la falange y de tajo el dolor me atravesó como si en ese momento la sierra acabara de cortarme y me siguiera cortando el cuerpo entero en pedacitos. Me inyectaron anestesia en varios puntos de la mano y pronto los medicamentos que me habían dado empezaron a surtir efecto. Sentía como si estuviera hecha de espuma. Nada podía dañarme. Contemplaba con mirada lela cómo la aguja entraba y salía de mi piel. Podía sentir el hilo negro correr por el orificio de cada puntada. Cuando el médico terminó de suturar, vi que mi dedo había quedado como salchicha y me dio mucha risa, no podía parar de reír. La enfermera de guardia me dijo: ya duérmete, niña; pero al final se contagió de mi risa y también el señor que estaba en la cama de junto, y es que de verdad mi dedo parecía una salchicha de caricatura, inflada y curva, con su nudo en el extremo, y cada que lo veía volvía a retorcerme entre carcajadas. En la escuela, varias veces tuve que quitarme el parche para que me creyeran los que dudaban que me había rebanado el dedo y que el resultado era la cosa más cómica del mundo. La herida cicatrizó, me quitaron las puntadas, desapareció la inflamación y mi dedo perdió la gracia. Al terminar el quinto año ya solo quedaba un muñón rosado con el que amedrentaba a mis primas y a los que pretendían burlarse.

Lo curioso fue que, lejos de alejarme de la maquinaria del taller, descubrí que el accidente con la sierra me había otorgado una cualidad especial para manejar toda clase de herramientas, para aprender técnicas con solo observarlas en el movimiento de las manos de otro, para transformar la materia a capricho. Había pagado el precio, me había despojado de un pequeño fragmento de mí, así que me correspondía algo a cambio de ese sacrificio propiciatorio, era lo justo.

Por supuesto, después del incidente no fue fácil convencer a mis padres, en especial a mi madre, de ese obcecado gusto por hacer y reparar. Ella hubiera querido retenerme a su lado, junto a la máquina de coser, en la parte alta del tapanco que dividía nuestra casa en «área con polvo» y «área sin polvo». Abajo, el principio masculino, áspero y desordenado, que se oponía al universo doméstico, femenino y limpio de la parte de arriba. Ambos mundos se comunicaban por una escalerita marinera con peldaños forrados de alfombra color verde bosque, donde se nos limpiaban los pies al ir subiendo. Los primeros escalones estaban saturados de aserrín, y progresivamente se desvanecía la mugre hasta los tres últimos escalones, que por lo general estaban limpios.

Arriba, la mitad del tapanco estaba ocupada por rollos de tela, un maniquí descabezado, una mesa que mi madre usaba de burro de planchar y una Singer con mueble de madera que tenía en el costado una serie de cajones estrechos y largos donde guardaba desde hilos, carretes y agujas hasta los objetos más insospechados, como una manita de santo, milagros de lámina oxidada, dados de cubilete, el pasaporte de mi bisabuelo. También en el tapanco estaban la tele, un sillón forrado con manta de ganchillo y el escritorio donde yo hacía la tarea; ahí nos sentábamos los tres a comer cuando no había tiempo de ir a la otra casa, con mi abuela, a donde llegábamos solamente a dormir y a bañarnos. De chica, entre los cinco y los diez años, debía pasar las tardes en la parte de arriba, por lo regular yo sola, con las rodillas sobre la alfombra, afanada en mis libros de colorear o jugando a las muñecas. En el perímetro del tapete distribuía el plano de una casa con divisiones demarcadas con los bloques de una enciclopedia o una caja de zapatos: aquí es la recámara y allá la cocina, eso de ahí la sala y acá el jardín. Una y otra vez cambiaba de ropa a mi muñeca, la peinaba con trenzas o moños, y nunca terminaba de estar lista para ir a la fiesta con hermanas imaginarias que no llegaban nunca. Muy de vez en cuando jugaba conmigo alguna de mis primas, aunque para que eso sucediera tenía que llorar, suplicar de rodillas y pedir mil permisos. La familia política de mi madre no era la más generosa.

En ese tiempo me gustaba observar a mi madre mientras cosía. Recuerdo el rumor de sus largas tijeras de ojales negros al ir cortando con parsimonia la tela sobre el tambor hueco del escritorio: rac, rac, rac, la luz cálida y redonda de la lámpara colgante de vidrio emplomado, la escama de jabón que usaba para marcar la tela, los alfileres ensartados en la tela o en el bollito de terciopelo azul. Mi madre me regalaba los sobrantes para que vistiera a las *barbies* repitiendo en miniatura los modelos que ella ejecutaba en tamaño real. Ella me ayudaba a coserlos en la Singer o me sentaba en sus rodillas para que yo lo hiciera. Desde ese nido dulce, contemplaba las manos jaspeadas de mi madre preparar la máquina, aceitarla, limpiar las pelusas con la escobilla, enredar el carrete con hilo del mismo color, ensartar el filamento en cada una de las ranuras, con cuidado de atinar en cada una de las trampas, porque, si alguna llegaba a faltar, el hilo se enmarañaba debajo de la tela y el asunto acababa en desgracia. Pero mamá conocía su Singer a la perfección. Hacía todas las pruebas y preparativos necesarios para, finalmente, suturar con precisión las piezas y lograr el milagro de dar a la tela un cuerpo.

Con el tiempo, no obstante, el humor resinoso del aserrín y el rugido de las máquinas allá abajo, en el taller de mi padre, comenzaron a ejercer sobre mí un fuerte magnetismo. Bajaba las escaleras y me escurría furtiva por un costado, junto a los cientos de tablones, troncos y láminas de triplay que se recargaban contra el muro, inquietos, como en ascuas, esperando su turno; un calor casi humano manaba de sus cuerpos, tenían rostro, ojos que surgían de los cortes longitudinales, perfiles y semblantes paralizados en un clamor, en una sonrisa mezquina, en un gesto retorcido. Llegaba hasta donde estaba mi padre y lo miraba afanarse sobre la lisura, con un cepillo del que brotaban rulos perfectos.

El suelo estaba completamente tapizado de aserrín, virutas, listones y trocitos de madera de todas las formas. Era confortable estar ahí, aislada del frío, entre perfume de bosque macerado, pintura y pegamento. Eso sí, cuando lijaban parota había que salir en estampida, porque el aire se llenaba de un picor pimentoso que se adhería a los hilos de la garganta y no podíamos parar de toser. Era cuestión de que papá se colocara el cubrebocas industrial para que mi madre tomara su bolsa del mercado y su monedero, y me dijera vámonos. Hacíamos las compras con más calma que de costumbre, nos demorábamos en las mercerías viendo los catálogos, el muestrario de botones, la escala de colores de los hilos Gutermann, los rollos de tira bordada. Regresábamos cuando la tormenta de aserrín había terminado.

La abnegación con que mi padre enfrentaba el picor de la parota parecía robustecerlo. Las esquirlas de madera eran el pasto de su guarida y no le gustaba que barriéramos el suelo. Cuando se ausentaba para comprar material, mi madre nos pedía a mí y a la señora Beatriz que le ayudáramos a limpiar el taller. A su regreso, mi padre refunfuñaba al ver el suelo desnudo y volvía al trabajo, apurado por producir nuevas arrebañaduras con que protegerse.

En el barrio se había corrido la voz acerca de la habilidad de mi padre para reparar muebles, por lo que el taller estaba atiborrado de mesas bailonas, mecedoras con el bejuco roto y alacenas que exhibían impúdicas el costillar descarnado de sus entrepaños. De cada caso, yo iba aprendiendo soluciones y recursos. En el área despejada que dividía el taller por la mitad se distribuían los trabajos en proceso: mientras que alguien lijaba un juego de sillas, alguien más pegaba las patas a una mesa recostada sobre dos burros, otro pintaba un librero, otro cepillaba una mesa. En todo momento había una acción hipnótica, metódica y repetitiva donde fijar la vista y perderse.

Al fondo, detrás de la escalera, había un escritorio escolar donde mamá tomaba nota de los pedidos y entregaba cotizaciones. Era ella quien solía tratar con los clientes; inspiraba confianza, la gente sabía de su labor de costura y sentía que, de alguna forma, el mueble solicitado era también una prenda sobre medida. Mi padre se limitaba a dar instrucciones a los ayudantes y diagnósticos de los muebles por arreglar. Por lo general acababa diciendo: sí, se puede, claro que se puede, todo tiene remedio. Incluso había pegado en el muro junto al escritorio un letrero que decía todo tiene remedio y en letras chiquitas «(salvo el amor, la muerte y estar feo)». Había enunciado tantas veces el mismo chiste que acabó por mandarlo imprimir en la tipográfica para colgarlo en un marco sin vidrio, a un lado de los permisos del ayuntamiento, el rótulo de «Lo imposible lo hacemos de inmediato, para los milagros nos tardamos un poco más» y el calendario de «Carpintería Sánchez» cuyo paisaje cambiaba cada año; en Navidad no había cliente que no saliera con el suyo, hecho rollito bajo el brazo, sujeto con una liga.

Al cobijo de aquellos troncos mutilados descubrí el milagro de dar forma útil a la materia. Lo vegetal abandonaba su naturaleza montaraz para domesticarse en formas geométricas; se estilizaba en siluetas finas y superficies perfectamente lisas, en patas torneadas, en molduras de pecho de paloma. De tanto acercarme a mirar, mi padre comenzó a tomarme en cuenta, a poner entre mis manos una lija o una brocha seca. Pero, por supuesto, me aburría con esas tareas nimias. Yo lo que quería era hacer cosas importantes, someter la madera a los filos de acero, devanar, taladrar, lijar, convertir una cosa en otra. Me desesperaba, dejaba la tabla a medio lijar y subía al tapanco. Al poco rato bajaba de nuevo y volvía a probar suerte. Fue así como mi carácter pertinaz fue ganando terreno frente a los filos y la maquinaria pesada.

Después del percance con la sierra tuve que volver a comenzar desde cero en esa labor de convencimiento, con el agravante de que mi madre ahora se oponía en forma franca y nos la pasábamos discutiendo. Ella quería que aprendiera a bordar en punto de cruz, y yo quería tejer bejuco; me mandaba a clases de danza, y yo me iba a los talleres de cerámica, ebanistería, herrería o torno; me mandaba a comprar un metro de elástico de tres cuartos, y yo me escapaba a fumar cigarros sin filtro: Raleigh, Gratos, Alas, Faros. Para no preocuparla demasiado compensaba mis inquietudes más agrestes con clases de encuadernación, costura, panadería artesanal.

Al crecer, me crecieron también las ansias. Quería vivir sola, visitar todos los museos, oír toda la música, asistir al teatro, a salas de cine donde proyectaban películas europeas, entender el arte, ir en la procura de algo más sublime que los muebles y la ropa, tan zafios. No quiero saber nada de tus trapos, le dije a mi madre el día que me abofeteó. Yo tenía casi diecinueve y me disponía a salir al café donde los poetas tomaban cerveza y leían sus creaciones en el micrófono, porque uno de ellos me pretendía y a mí también me gustaba aunque no tuviera ni dónde caerse muerto. Mi madre estaba empeñada en que fuéramos con mis primas a elegir las telas para los vestidos que usaríamos en una boda. Ambas perdimos la paciencia. Luego de la bofetada, del llanto y de que forzara la puerta de mi recámara con la ganzúa que guardaba para esos casos, le confesé, todavía indignada, que había comenzado a hacer los trámites para estudiar en la capital. Había ahorrado para ese fin. Ni ella ni mi padre me pudieron disuadir. Un par de semanas después les dije adiós desde la ventanilla del autobús que me llevaría hacia una vida nueva y completamente mía. Al partir, la enorme mochila que cargaba me pesaba lo mismo que un almohadón de plumas; el lastre exacto para que los pies no se me despegaran del suelo.

No fue poco lo que me costó entender el lenguaje y el ritmo de la gente de acá, armar en mi cabeza el mapa de los cinco rumbos para dejar de perderme. Encontré un departamento pequeñísimo en la azotea de un edificio de oficinas, donde improvisé un librero y una mesa, donde tendí primero una colchoneta y más tarde un colchón; después llegaron el frigobar, la lavadora y el sofá floreado de dos plazas que alguien dejó abandonado en la calle; por fin podía comer en la cama y dejar la ropa regada en el suelo, llenar de humo la estancia, beber en lunes, planchar desnuda, leer hasta la madrugada. Cambié también mi lenguaje y mis modos, me volví pretenciosa, ridícula, me las daba de culta.

Preparaba los exámenes de primer semestre en la licenciatura de Historia del Arte cuando recibí la noticia: mi madre estaba en el hospital. Hice a un lado la soberbia para estar con ella, pero no hubo manera de sanar la fractura, no alcanzó el tiempo. La fibrosis quística que ella siempre mantuvo a raya y casi en secreto acabó por asfixiarla en unos cuantos días. Después del funeral, mi padre ya no quiso saber nada del taller ni de mí ni de nadie. El hospital lo cubrió de deudas, pero él ya no quiso recibir encargos. Rompió el letrero que había mandado imprimir en la tipográfica y se maldijo por haber mentado tantas veces la muerte como una invocación. Perdimos el inmueble, la maquinaria, el tapanco. Se acantonó en casa de la abuela y empezó a beber. Empezaron a temblarle las manos. Pobres de sus manos. Nunca aprendieron a estar quietas sin hacer nada.

Regresé a la capital con el pretexto de seguir con la carrera. Esta ciudad es tan grande que una puede esconderse hasta de sí. Volví a cursar el primer semestre y lo libré con una soltura que me dio vuelo para atravesar sin dificultad el segundo, el tercero y el cuarto. Al examen de titulación le siguió el de ingreso a la maestría, luego vinieron los trámites para la beca, los trabajos esporádicos de encuadernación, la influenza, la conjuntivitis, los libros de teoría de la restauración, las prácticas de laboratorio y de campo, los primeros encargos, un gato amarillo llamado Bodeler, el *Dictionnaire raisonné du mobilier français* y los cursos sabatinos en la Alianza para entenderlo, trabajos esporádicos, correr por veredas arboladas, leer a Benjamin y a Bourdieu para la tesis, inventar cincuenta formas de comer espaguetis, esquivar al administrador del edificio, beber sola vino, *whisky,* Redbull, fumar, perder a Bodeler, caminar en busca de casonas abandonadas, trabajar y trabajar y trabajar, afanada en producir arrebañaduras con que protegerme.

El interior de la casa olía a humedad y caca de ratón. Zuri se cubrió la nariz con el cuello de su camiseta y puso mirada de espanto. Yo no sabía si estaba más asombrada por el desorden o por la maravilla en que imaginaba convertida aquella enorme estancia de doble altura. La luz de los ventanales largos se posaba sobre las paredes carcomidas, los bultos y los muebles, unos inservibles por el paso del tiempo, otros preciados por la misma razón. Había cajas por todas partes, accesorios demodés, aparatos obsoletos, tapicería de telas descontinuadas, libros, lámparas *vintage* y toda clase de objetos de época que nadie se había tomado la molestia de cubrir con sábanas blancas como hacen en las películas y quedaron al garete, expuestos al peso del polvo.

Zuri fue hacia una puerta corredera junto al recibidor y tiró de la manija, pero los rieles estaban oxidados y apenas logró abrir una estrecha ranura por la que pasamos con dificultad. En la biblioteca de don Eligio había dos tiempos claramente diferenciados: estaba el tiempo adusto, de cuando se instalaron los cuatro libreros sobre el muro del fondo y se impuso el orden de los volúmenes encuadernados en cuero; de cuando eligieron el horrendo papel tapiz de rombos y el sillón de lectura de grueso vinilo verde; el tiempo en que alguien decidió colgar sobre el muro un cuadro que representaba una playa y el mar embravecido, de un azul ya verdoso, batiéndose contra las rocas, formando grandes espumarajos blancos que el pintor había sabido agitar de forma verosímil, aunque la obra en sí careciera de mayor gracia; un tiempo severo como ese mar, que contrastaba con otro, más reciente y vago, en el que el desorden había ido minando las superficies con minucias, libros encuadernados en rústica, papeles caducados, recibos, cajas, carpetas con membrete impreso en tipográfica, artefactos de papelería y de fotografía que habían dejado de servir. Las huellas de ese otro tiempo predominaban del lado del escritorio, tras del cual había una ventana de medio cuerpo que daba hacia la calle, con persiana horizontal.

  Me acerqué a observar el retrato doble que estaba colgado sobre el muro junto a la ventana: el mismo rostro de niña encerrado en dos óvalos de cartulina con filetes dorados. El de la izquierda estaba más arriba que el de la derecha, y esa calculada irregularidad daba al conjunto una sensación armónica, mucho menos inquietante que si los óvalos hubieran estado alineados como ojos. Son Silvia y María, dijo Zuri sin acercarse a mirar. Recordé que había mencionado a Silvia, la de la casa con olor a leche descompuesta, y antes de que preguntara por María explicó que eran gemelas. Había oído hablar de ella durante su infancia, era actriz y había trabajado en varias películas en Hollywood. Contó que de niño, al ver sus fotos, pensaba que era imposible que una mujer tan hermosa fuera parte de su familia. Por desgracia, murió muy joven y de forma trágica: se cortó el cuello con una navaja de afeitar. Zuri se acordó de haber encontrado el recorte de periódico entre las páginas de un álbum y dijo que, aun cuando en la foto aparecía de bruces, rodeada de un charco de sangre, a él le había parecido muy hermosa. Volví a mirar el retrato bajo el filtro del relato. Ambas tenían el cabello muy negro, los ojos expresivos. Una de ellas sonreía y la otra no. Pensé que la de aire melancólico debía ser María y que con toda seguridad ese ánimo habría sido la causa de su desgracia.

  Zuri examinaba los lomos de los libros. Le pregunté qué libro buscaba, pero estaba tan retraído que no contestó.

Fui a sentarme en la silla detrás del escritorio y me puse a curiosear. Algo tienen los artículos de papelería antiguos que me producen al mismo tiempo fascinación y repulsa. Tal vez su futilidad o esa manera peculiar de retener entre las comisuras sarro, sequedades, ese leve rastro de olor y grasa de las manos a las que pertenecieron. Los clips nadan en el polvo, se quejan los resortes de las engrapadoras y las perforadoras, las manchas se craquelan, los líquidos solidifican, el papel amarillea y los lápices endurecen su madera y su grafito; el pegamento de los sobres se vuelve más dulce y la cinta de celofán se derrite como un acre caramelo. Entre agendas garrapateadas y calendarios con membrete de 1992, de 1987, entre tarjetas de presentación, chequeras vencidas, notas de consumo e impresiones de fax borradas por el tiempo había varios libros encimados, abiertos bocabajo. Levanté el primero: los cuentos de Perrault, la ilustración mostraba el momento en que la mujer abre la puerta de la habitación prohibida. Bajó por una escalerilla oculta con tanta prisa que por poco se rompe la crisma, decía al pie. El segundo era un libro de tapas rojas con un carácter chino impreso en la portada. El tercero estaba en francés, parecía un antiguo manual de cirugía. En sus páginas había grabados muy exactos y limpios de una mano que cercenaba un miembro; un corte realizado con un instrumento preciso, sin fluidos, sin dolor. La mano que cortaba no ejercía ninguna fuerza; los miembros no ofrecían resistencia ni contractura. Leí en voz alta y con acento exagerado una frase al azar: *Une coupe transversale divise alors les téguments internes un peu au dessous du lieu de la ponction...* Zuri se giró, fue hacia mí y me lo quitó con una premura casi violenta. Tomó también el libro de tapas rojas y guardó ambos en su mochila. Le pregunté si podía quedarme con el de Perrault.

Zuri se había dedicado a la fotografía desde los doce años. Para él no existía absolutamente nada más. Se entregaba a su oficio con un esmero y una pasión que jamás he visto en ninguna otra persona. La fotografía era su vida en el más literal de los sentidos. Alguna vez me contó que desde muy niño había sufrido ataques epilépticos y complicaciones neuropsiquiátricas que le habían impedido asistir a una escuela regular, había estudiado con maestros particulares, nunca tuvo muchos amigos, no podía ver la tele o jugar videojuegos. Internet le aburría y lo tenía vetado por cuestiones de salud.

Una mañana muy temprano salió al jardín de su casa al oír que se activaba el mecanismo que abría el portón de la entrada para dar paso a un Impala descapotable color esmeralda que no conocía. Desde la ventanilla el conductor le preguntó si su abuelo estaba en casa. Él respondió que no. Preguntó por su mamá y Zuri volvió a negar. El hombre se quedó pensando unos segundos y dijo: ¿quieres venir? Soy Eligio, tu tío, el hermano de tu abuelo. Vamos a tomar unas fotos a una hacienda de Morelos y regresamos en la noche. Era la edad en que empezaba a dar muestras de rebeldía preadolescente y estaba enojado porque de nuevo lo habían dejado solo, así que alzó el hombro derecho, rodeó por el frente el Impala y subió al asiento del copiloto.

Durante toda la mañana anduvo cargando cámaras y tripiés de un lado a otro, aburrido y hambriento. No comprendía el afán de su tío abuelo por cuidar hasta el cansancio los detalles de una sola toma. Antes de oprimir el obturador se detenía a rectificar las variables cientos de veces. En ese entonces Zuri pensaba que tomar una foto era cuestión de poner el ojo detrás de la mirilla y disparar. Estaba harto de permanecer de pie bajo el sol, al lado de un pariente desconocido, con los brazos lánguidamente cruzados, atendiendo pequeñas órdenes que lo irritaban: pásame un rollo nuevo, no, ese no, el de treinta y cinco, el verde. Llévate esa maleta al coche. Trae la maleta que te llevaste. Detén la pantalla aquí. Firme, levanta los brazos, más alto, inclínala a la derecha. No tanto, a la izquierda. La recompensa fue que ese mismo día puso entre sus manos por primera vez su vieja Nikon FM2. Vio por el rectángulo y se sorprendió al descubrir que podía controlar la dosis de realidad por medio de ese otro ojo. Dirigió la mirilla hacia el sol y disparó. Don Eligio le dijo: así no, y le enseñó a controlar la luz, la profundidad de campo, a respirar, a percibir el instante del disparo, a encuadrar. Debes tener mirada de bisturí —señaló su ojo derecho y tiró del párpado inferior—, debes aprender a cortar con la mirada antes de cortar con la cámara.

Zuri estaba absolutamente fascinado. No quería soltar la Nikon y de regreso siguió disparando fotos de todas las cosas aunque desde hacía mucho se le hubiera acabado el rollo. En la entrada de su casa, don Eligio le dijo: quédate con ella, si quieres puedes venir los fines de semana a revelar a mi laboratorio para que aprendas; la mitad del trabajo está en la toma, la otra mitad en el cuarto oscuro.

Por supuesto, la mamá estaba trastornada por la mortificación y dijo que jamás permitiría que esa bestia desalmada volviera a acercarse a su hijo. Resultó que la invitación a Morelos no había sido una escapada inocente, sino una estrategia para intimidar al abuelo, con quien don Eligio estaba peleado a muerte. El caso es que ni todas las lágrimas de la madre ni todas las reconvenciones del abuelo alcanzaron a opacar su entusiasmo por la foto. Había encontrado la manera idónea de percibir el mundo y eso ya nadie se lo podía quitar

Crujían bajo nuestros pies los restos de pintura seca color verde mientras subíamos las escaleras. Por los cristales rotos del tragaluz se colaban las puntas de una hiedra que amenazaban con recuperar el dominio de lo salvaje. Llegamos al segundo piso. En el corredor había seis puertas: tres del lado derecho, tres del lado izquierdo. En medio, un balcón de balaustrada romana frente a la escalera comunicaba el segundo piso con la sala de doble altura que se extendía abajo: los sillones, los ventanales, la chimenea. Pasamos sobre bultos, cajas y muebles derribados; a Zuri no le resultaba sencillo ignorar la suciedad, el polvo, las cacas de ratón y su hedor de hongo y amoniaco. Fue directo hacia la única puerta que estaba entornada, la tercera del lado izquierdo.

Entramos a una habitación amplia, sucia, sombría. El desorden y el polvo primaban sobre un juego de muebles con motivos chinescos. Los balcones vistos desde dentro parecían menos suntuosos, carentes de misterio; los cubrían unas ordinarias cortinas de pagodas y sauces color naranja sobre fondo percudido. Ahí olía a sebo rancio, un humor masculino y vetusto. Al fondo de la habitación, un ventanal daba paso a una terraza pequeña. Salimos. El antepecho daba hacia la calle lateral. En el borde, un macetón seco acunaba esqueletos de sábilas y malvas. Del lado opuesto, una escalera de tramo recto subía hacia el altillo.

Nos detuvimos un momento en la terraza, como si Zuri de antemano supiera lo que habríamos de encontrar y quisiera aumentar su propia expectativa. Se recargó en el antepecho y se puso a liar un cigarro. Yo me asomé a la calle. Pude haber dicho algo acerca de la casa, del estilo o de la restauración. Quería preguntarle si estaba bien, porque era evidente que no lo estaba, pero preferí quedarme callada. El lugar imponía silencio. Hice un gesto para que me pasara el cigarro, y cuando se lo devolví alzó la mano porque ya no lo quería. Aplasté la bacha en la tierra y lo seguí.

Desde la calle había imaginado el altillo como una torre estrecha, aunque en realidad era bastante amplio. La arquería formaba una escuadra de luz: tres arcos en el muro de la izquierda y otros tres hacia la calle del parque. Vistos desde abajo me habían parecido tan menudos como una filigrana, de modo que me desconcertaba verlos en su proporción real, como si con el cambio de perspectiva la casa hubiera crecido hasta devorarnos.

El interior estaba relativamente despejado, aunque el amontonamiento sobre el muro opuesto a la arquería hacía que el lugar pareciera la tramoya de un teatro: columnas de cartón, tapices, sillas estilo imperio, cortinajes con borlas de oropel opaco, tristes palmeras de plástico y flores de tela marchita que debieron ser parte del escenario de los retratos de don Eligio. Despertó su curiosidad una pila de cajas cubiertas con una lona. Levantó la punta, primero precavido, y enseguida arrancó la lona con vehemencia sin preocuparse por el polvo, maravillado de descubrir la colección de cámaras antiguas de su tío abuelo, intacta, perfectamente embalada, apta para usarse. Se puso a mover los bultos de un lado para otro, leyendo los rótulos, diciendo entre dientes las virtudes de cada cosa, destapaba los estuches y las cajas, miraba los artefactos con el embeleso de un niño que se levanta de madrugada en Navidad para abrir a solas sus regalos.

Mientras Zuri inspeccionaba las cajas fui hacia la arquería y miré a la gente que pasaba por la acera del parque. Junto a la consoleta había un baúl y una otomana.

El baúl no tenía cerrojo, supuse que no habría inconveniente en que husmeara un poco. Me acuclillé y sentí en las fosas nasales el golpe de la naftalina mezclado con olor a papel y tinta y emulsión. Removí con cuidado paquetes de estraza, cajas de negativos, cuadernos, libros, cartas y gruesos fajos de fotos de don Manuel Álvarez Bravo, de Lola, de Nacho López, la mayoría dedicadas; me senté en el suelo y barajeé algunas, eran magníficas, había varias tomas de la famosa fotografía de la chica de cintura de avispa, con vestido a la moda de los años cincuenta, que va caminando por una calle de la Ciudad de México mientras los hombres a su alrededor la acosan con la mirada. Estaba Frida Kahlo acompañada de sus xoloitzcuintles, las clásicas adelitas de Casasola y escenas costumbristas de mujeres con rebozo en calles empedradas, campesinos de sombrero, calzón de manta y huaraches, tehuanas de huipil florido, calles empedradas, casas blancas con techo de teja. Zuri se acercó y abrió una de las cajas de negativos para verlos a contraluz. Yo no me sentí con derecho de hojear los cuadernos de notas y extender las cartas con sobre de correo aéreo y timbres de todo el mundo, pero él sí. Sus manos temblorosas me compartían algunos de sus hallazgos. Estaba extasiado. Nunca lo había visto así de contento. Entre los fajos de cartas encontramos aquella fotografía morbosa y cruel del suplicio *leng tch'e,* la sentencia de muerte por mil cortes: una plaza abarrotada de mirones y tres hombres sosteniendo las ataduras del prisionero mientras el verdugo le cercena la pierna izquierda. El prisionero, abierto como una estrella, expuestos los huesos del tórax, muestra una sonrisa serena en el rostro; sus ojos miran al cielo iluminados por la plácida entrega al alivio de la muerte. Era una foto antigua, en blanco y negro. Lo oscuro de la sangre se confundía con las sombras. No quise darle importancia. Era tan lejana la imagen que había perdido su valor de realidad y no era ya más que un objeto: manchas oscuras sobre un rectángulo de cartulina. Recuerdo que le di vuelta a la impresión y leí las palabras escritas en el reverso: «¿Hay algo más tenaz que la memoria? —Chava, agosto de 1962». La impetuosa caligrafía en tinta color sepia se había vuelto ámbar y las esquinas del papel se habían oscurecido más que el centro, como si el tiempo estuviera al tanto de la importancia de las palabras escritas y hubiera querido iluminarlas.

Nos conocimos en la biblioteca del Instituto Mora. Yo estaba leyendo para los trabajos finales cuando escuché el disparo doble de un obturador. Levanté la mirada y vi el ojo de la cámara enfocado, no sobre mí, sino sobre el muñón de mi índice izquierdo: la mano metida entre la cabellera y el dedo trunco enrollando una hebra. Primero me sentí avergonzada, expuesta. Me escondí tras las tapas del manual de Jackson y Day por puro acto reflejo. Enderecé la espalda y me acomodé el cabello detrás de la oreja, aunque para entonces él ya se había dado la vuelta y caminaba hacia la salida.

Pasada la sorpresa, sentí curiosidad. Un extraño me había visto tal como quería ser vista, había puesto la mira en el punto exacto y se había apropiado de un instante que ahora era ajeno a mi cuerpo, un fragmento de mí, como la punta que conservé en formol durante años; la piel se había vuelto amarillenta, con surcos oscuros y la uña color dorado iridiscente. Nos dijeron que el formol era tóxico, así que tuvimos que llevar el frasco a un hospital. Vertieron el líquido en un contenedor negro y la carne en una bolsa amarilla con símbolo de residuo peligrosobiológico-infeccioso. Pregunté qué harían con él, y el técnico dijo: se incinera. Todo se incinera: pedazos de piel, vesículas, material de curación. Aquella parte de mí se desintegró entre las cenizas de otros, mientras que yo seguía viva. Ahora, de manera repentina había llegado un hombre con su cámara y había descubierto el secreto del sacrificio propiciatorio; había tomado una fotografía de su emblema, y eso yo tenía que verlo.

Me levanté para ir tras él. Dejé mis cosas donde estaban: el suéter perla colgado en el respaldo, el *block* de notas en la mesa con los libros, la pluma Bic, la mochila en el *locker*. Vi la espalda de su cazadora verde entre los setos recortados, casi en la salida. Tuve que correr. Cuando finalmente llegué al portón del zaguán, él estaba por dar vuelta en la esquina. Pensé detenerlo con una palabra, pero no sabía cuál. Amigo, chico, oye, tú. Ninguna parecía servir, así que dije con voz bien fuerte:

¡fotógrafo!, larga y rara palabra que oí salir de mi boca con los tonos graves de las oes y el soplido de las efes. Él de inmediato se dio la vuelta. Caminé unos pasos y cuando lo tuve cerca le pregunté: ¿me dejas ver la foto? Pero sus cejas dibujaron un gesto de confusión.

—La que me acabas de tomar allá adentro —dije y extendí la mano izquierda frente a mi cara para mostrar mis 4,6 dedos—. Me da mucha curiosidad.

—Es análoga —dijo en lugar de no se puede.

—¿Cómo?

—Es una cámara de rollo —sacó la máquina de su mochila y me mostró la compuerta negra con textura de piel falsa en el lugar donde hubiera estado la pantalla. Entonces fui yo quien retorció las cejas y la nariz y la boca.

Debí parecer una niña a la que se le cae el helado.

Supongo que se compadeció. Miró su reloj y dijo:

—Si quieres luego te puedo dar una impresión.

—¡Sí! Por favor... Bueno, si no cuesta una fortuna.

—Pues con que me pases lo del material. Ahorita voy a revelar estos rollos. Si mañana vienes a la biblioteca, puedo traértela.

—¿Cómo? ¿Tú mismo haces el revelado?

—Ajá.

—¿En serio? ¿Con charolas y una bañera vieja y un tendedero, como en las películas?

—Eh... No exactamente.

—Perdón, es que no conocía a nadie que todavía trabajara fotos de ese tipo.

—Pues es bastante común. Más de lo que debería —dejó ver un ligero desdén. Me pareció simpático.

—Nunca he visto el proceso. Debe ser como cosa de magia.

—Sí, es pura química, pero, a final de cuentas, magia —miró hacia la bocacalle.

—¿Queda muy lejos el lugar donde revelas?

—No, es aquí, a un par de cuadras.

—¿Te puedo acompañar? Prometo quedarme en un rincón y no dar lata.

Vi su cara y supe que, como de costumbre, me había pasado de la raya: eso no se hace, niña, es de mala educación, deja en paz a la gente, no seas enfadosa, no toques, no te acerques. Sonreí. Qué remedio.

—Como quieras... —alzó el hombro derecho, empezó a caminar.

Yo me lancé a seguirlo por las banquetas estrechas, recién llovidas, de la colonia San Juan Mixcoac. El laboratorio estaba sobre la calle de Poussin, a espaldas de la biblioteca. Era un colectivo instalado en lo que debió haber sido una vieja vecindad: un patio largo con suelo de cemento y una serie de cinco o seis cuartuchos de una planta, que seguramente fueron sórdidos y feos antes de que quitaran lavaderos, trastos, tendederos y tanques de gas para pintar de blanco los muros, de negro la herrería y colocar macetas con cactáceas y suculentas. El laboratorio de fotografía era el cuarto más grande, hasta el fondo, con forma de ele. Se entraba por una puerta muy peculiar: dos cilindros superpuestos con un ingenioso mecanismo que hacía girar el cilindro interior para que la abertura coincidiera con la abertura de afuera, y una vez que entrabas en el hueco había que girar el mecanismo para que la abertura quedara del lado de adentro. De esta forma se podía entrar y salir sin permitir el paso de la luz. A mí se me figuró un transportador interestelar o algo parecido. Zuri entró primero para mostrarme cómo funcionaba la puerta y encender la luz. El interior estaba pintado de negro de piso a techo; las ventanas, tapiadas para impedir el paso del más mínimo resquicio de luz. Había una tarja con tres grifos y cuatro garrafones alineados contra la pared, anaqueles de material contra los muros y una mesa alta y larga al lado de la entrada. Esta es la sección de revelado, dijo Zuri. Como puedes ver, ni tina de baño ni tendedero.

La habitación contigua era el área de impresión, separadas ambas por una pesada cortina de tela negra que Zuri hizo a un lado para mostrarme las ampliadoras, la mesa de luz, el *rack* de secado, las charolas con sus tenazas. Soltó la cortina y volvimos a la parte húmeda. Zuri sacó tres rollos del bolsillo de su cazadora y los puso sobre la cubierta; puso también la cámara, un tanquecito negro, unas tijeras y tres carretes de revelado. Me avisó que debía apagar la luz. Yo arrinconé la espalda contra el muro y me quedé quieta bajo el peso fresco de la oscuridad. El fondo de mi nervio óptico proyectó sobre el manto negro ondulantes manchas de colores que se fueron apagando poco a poco. Podía sentir la distensión de las fibras del motor ocular, el iris en bulbo, un descanso añorado desde la invención de la luz eléctrica: oscuridad plena y sin bordes, ojos bien abiertos en la deriva de un mar absoluto.

Conforme los ojos se acostumbraban a la oscuridad cobraban relieve otras sensaciones: el olor terroso y mineral de las sustancias que usaban para el revelado; un aroma provocador, parecido al cloro de las albercas que se queda atrapado entre los dedos después de nadar, y que la nariz busca y besa con cierta manía. Por debajo del aroma químico, a hurtadillas pude percibir su aliento, pesado y vivo. Escuchaba su respiración, la distancia de su latido y su calor. Podía sentir sus manos rasgar el silencio, movimientos precisos que formaban parte de un ritual. El crujido frágil de los rollos al romperse era como de nueces de cáscara muy fina, el susurro de la película al devanarse entre sus dedos, el claqueteo del mecanismo de los carretes, el sisear del polímero que se abobinaba obediente en espiral. Ruidos nuevos, olores nuevos, la proximidad de un cuerpo en la oscuridad, sin lindes, sin mirada, sin rostro. Puro humor, exhalación y voz; cercanía sin distancia ni roce. Los dos estábamos disueltos en la penumbra.

De pronto, el incuestionable sonido de una cadena quebró la paz: metales contra metales. Oí a Zuri correr hacia la entrada, gritó ¡don Jacinto! e intentó mover el cilindro, pero no pudo. La cadena atoraba el mecanismo giratorio.

—¿Dejaste abierto? —me preguntó con voz de alarma y de reclamo.

Me quedé callada, no entendía, ¿abierto qué?

—¿Le diste otra vuelta? ¿La abertura quedó del lado de afuera?

—¡No sé! —dije angustiada, probablemente lo había hecho.

Zuri sacudió el mecanismo, golpeó la lámina con la palma y volvió a gritar el nombre de Jacinto mientras golpeaba y pateaba cada vez más fuerte, con desesperación. La dilatación de las pupilas apenas me permitía adivinar las sombras, los movimientos agitados, la tensión. Zuri metió los carretes en el tanque y enroscó la tapa. Tres, cuatro veces pulsó el botón de la luz sin que pasara nada. Volvió a golpear la puerta y a gritar, pero era inútil: don Jacinto, al ver la luz apagada y abierto el cilindro de la puerta, pensó que no había nadie y puso la traba con el candado como hacía todas las tardes antes de irse. Bajó los interruptores, tomó del perchero su chamarrita color paja y se fue dos horas antes porque ya había empezado el partido y lo había estado escuchando en sus audífonos, pero quería terminar de verlo en su casa.

Aun cuando no podía ver su rostro en la oscuridad, era claro que su reacción estaba muy lejos de corresponderse con la gravedad del incidente: los jadeos habían dado paso a una respiración entrecortada y luego a un silencio que me alarmó y me hizo extender las manos con cautela hasta encontrarlo agazapado en uno de los rincones. Sentí la piel helada de sus mejillas, el sudor denso, los hombros rígidos. Me agaché y lo fui estrechando por la espalda. Tranquilo, murmuré, respira despacio. Tenía la cabeza engarruñada sobre el pecho. Le rodeé el torso con ambos brazos y sentí en la mano su corazón agitado. Dicen que los ataques de pánico son tan angustiosos y duelen tanto como un infarto, que es como tener un dispositivo de autodestrucción instalado en el centro del pecho, que la inminencia de la muerte late con cada pulsación, y aunque respires no hay aire que alivie la asfixia. Como no sabía qué hacer, lo único que se me ocurrió fue acunarlo entre los brazos, apoyar mi cabeza contra la suya y decirle las palabras que le hubiera dicho a un niño asustado. Poco a poco se distendieron los músculos del pecho y se le fue entibiando la piel.

Nos quedamos largo rato arrullando el silencio hasta que sentí su peso dormido entre las rodillas. El ansia y la ternura me hacían apretar los dientes.

Tiempo después Zuri me contó de la primera vez que se le había manifestado el trastorno. Tenía cuatro o cinco años. En su memoria quedó grabada con todo detalle la imagen de Faquir, calmado y orgulloso como una esfinge, con el hocico teñido de sangre, una presa abierta entre las patas; otra más al pie del árbol, otra a la orilla del estanque, sobre los juncos, otra disolviéndose en el agua. Alfombra de plumas blanco y rojo, blanco y rojo como caramelo de menta. Recordaba la mirada brillante y satisfecha del *weimaraner*. Él se quedó quieto, gozando de la escena iluminada por los primeros rayos del día. Quería ser cómplice de Faquir y guardar el secreto, ahora que sabía de secretos. Pero cómo guardar algo que era tan rojo y tan salvaje. Dejó que su amigo siguiera disfrutando de la tibieza de la carne de ave en los belfos. Volvió a la casa sola y silenciosa. El único que estaba era su abuelo, que todavía dormía y no se daba cuenta de nada porque al irse a la cama se quitaba los aparatos de audición. Su madre había pasado la noche fuera; su padre se había ido de la casa un par de semanas antes y no había nadie que jugara con Faquir, nadie que le aventara la pelota de beisbol para que fuera a buscarla entre los juncos y rompiera la paz de las carpas anaranjadas que surcaban el fondo. Zuri volvió a su recámara y se metió en la cama. Se hundió en un sueño muy profundo y despertó bien entrado el día al oír a lo lejos los ladridos de Faquir, encerrado en su jaula, arañando como loco. Oyó el áspero rumor de los aspersores que regaban el jardín, los pasos de su abuelo en el pasillo. Se quedó muy quieto debajo de la manta, aguantándose las ganas de orinar. Oyó el cerrojo de la puerta de su recámara, los pasos que se alejaban, los aspersores, los ladridos furiosos, el crujido del martillo metálico, el disparo, el chillido, los aspersores, el silencio. Cuando su madre lo despertó, había mojado la cama, tenía el rostro completamente azul y casi nada de pulso.

El ataque empezó a ceder. Aspiraba el olor de su pelo, su calor. El pesado abandono de su cuerpo sobre el mío me producía un embeleso de ternura que apenas podía contener para que mi abrazo no fuera a asfixiarlo. A los pocos minutos Zuri se incorporó, nuevamente dueño de sí, para confrontar los hechos en su absurda realidad: estábamos encerrados. Las pupilas se me habían dilatado lo suficiente para ver su silueta tantear de un lado a otro en busca de algo que nos permitiera romper la cerradura. Lo obvio hubiera sido llamar a alguien para que fueran a abrirnos, pero por prescripción médica Zuri no usaba celulares ni ningún tipo de dispositivo que emitiera alertas y notificaciones. Usaba un celular arcaico que dejaba apagado en su casa y lo encendía muy de vez en cuando. El mío estaba en el *locker* del instituto, que a esa hora seguramente ya habría cerrado. Debían ser las ocho o las nueve. Tenía frío y no quería pensar en la posibilidad de que me dieran ganas de ir al baño porque mi única alternativa sería el desagüe de la tarja.

Intentamos hacer palanca con un palo de escoba, pero el palo se rompió. Tratamos de cortar el cilindro de fibra de vidrio con un cúter, pero los arañazos nunca llegaron del otro lado. En el área de impresión había una ventana con los vidrios pintados de negro, pero tenía soldada la protección. No había nada que pudiéramos hacer además de esperar a que don Jacinto volviera por la mañana. Eso, y reprimir con estoicismo las primeras punzadas que sentí en lo profundo de la vejiga.

Nos sentamos sobre la cubierta de la mesa, con las piernas colgando, callados. Los rollos no pueden quedarse así, dijo de pronto. Saltó al suelo y a oscuras tomó el tanque, lo llenó de agua, la vertió. Tanteó en su respectivo orden las garrafas: la del revelador, la del fijador, la del baño de paro. Fue contando sin ayuda de cronómetro los segundos y los giros del tanque hacia un lado y hacia otro, voltear dos, tres veces, verter, hacer correr el agua, llenar, calcular los segundos y los giros, voltear dos, tres veces, volver a enjuagar, dejar correr el agua y repetir el proceso en una secuencia tan exacta como las notas de un concierto. No había modo de que se equivocara, sabía oficiar a ojos cerrados, la ceremonia que hacía manar la luz atrapada en cada imagen.

Zuri puso a secar las películas reveladas y volvió a sentarse en la mesa, a mi lado. Había en él algo de mago que termina su acto con un cansancio digno, abierto aún al trance, vulnerable. Se recostó sobre mi hombro y lo abracé. Nos recostamos ahí mismo. Lo rodeé por la espalda, lo abrigué en el cuenco de mi cuerpo hasta quedar dormidos. Nos despertó el ruido de la puerta y la luz. Una colega del colectivo había llegado de madrugada para recoger no sé qué cosa. No supe más porque salí a toda prisa en busca del baño. Cuando volví, aliviada y con la cara fresca, Zuri se había ido.

Días después me lo encontré en el café Village, junto al Parque Hundido. Yo venía de correr y sentí una enorme vergüenza por ir sudorosa, despeinada, sin haberme lavado los dientes. Él siempre estaba impecable, aunque su manera de vestir fuera austera y simple. Invariablemente llevaba pantalón de mezclilla, tenis Converse, una camiseta estampada debajo de la cazadora y, si hacía frío, un suéter de lana gris. Las manos le olían a jabón neutro. Solo en la cercanía del abrazo percibía un suave halo de Chanel Allure mezclado con el aroma limpio de su cuerpo. Si por acaso recordaba su olor mientras estaba haciendo cualquier cosa, un húmedo hormigueo me recorría la vulva y se me encendía el rostro. Volvimos a encontrarnos un par de veces en ese mismo café, para entonces yo ya iba con ropa de calle. Había dejado de hacer ejercicio y me sentaba en una de las mesas dizque a leer, esperando el momento de toparme con él. Me gustaba imaginarlo oculto entre los árboles del parque, espiando mis movimientos con una lente de largo alcance. Me peinaba con los dedos, alzaba el cuello, metía la panza, adoptaba posturas absurdas.

La intención era ya muy franca la vez que nos encontramos en el atrio de la iglesia de San Juan. Él estaba tomando las fotografías de una boda cuando lo vi a la distancia y crucé la calle para saludarlo. Dudé en avanzar porque no quería ser inoportuna, pero él me sonrió, volteó a ver a los familiares que ya estaban por irse y caminó hacia mí. Nos saludamos con un mustio beso en la mejilla. Tengo algo tuyo, dijo refiriéndose a la foto, y yo le propuse que nos viéramos para tomar un trago cuando terminara. Dibujé con tres trazos un mapa y se lo di. Calle Valencia número 9, timbre 804.

—¿Qué te gusta tomar? Cerveza, vino, *whisky*...
—¿Qué *whisky* tienes?
—Etiqueta Negra...
—¿Te parece bien si llevo un Talisker?

A decir verdad, me parecía un lujo impensable. Nunca lo había probado y había leído que era muy bueno. El *whisky* era mi trago preferido, aunque mi presupuesto no alcanzaba para costear buenas maltas. De hecho, proponer Etiqueta Negra había sido todo un desplante; me hubiera costado no pocos sacrificios reponerme del gasto, aunque lo habría hecho con gusto.

Cuando sonó el timbre eran las once y media y yo ya estaba guardando en tópers los palitos de jícama, el queso untable, el paté, los palmitos y las aceitunas que había puesto en la mesa como botana. Claro que me había preparado con sábanas limpias y ropa interior bonita. Sin embargo, esa noche lo deslumbrante no fue el sexo, que en los primeros encuentros suele ser bastante fallido, ni el sabor amaderado y profundo del Talisker; lo que me robó el aliento y la paz fueron las fotografías que llevó en hojas de contacto. Ahí estaba todo él: se entregaba pleno en esa docena de pliegos de papel grueso tamaño carta. Había impreso también una ampliación de mi foto, como prometió: aparecía de perfil, el muñón entre el cabello, la mirada en el libro. La imagen era muy distinta de como la había imaginado. Yo parecía distinta. La foto no me favorecía ni me hacía ver guapa, era más bien perturbadora. Verme dibujada por la luz en esa precisa convergencia de líneas, atrapada en ese instante, me produjo la extraña sensación de haber dejado de pertenecerme a mí para pertenecerle. Dulce sometimiento del cuerpo a la mirada. En sus fotos, ante su ojo, yo me convertía en otra, más real. No sé cómo hacía para imprimir una dimensión de realidad distinta a todo lo que fotografiaba, un significado más profundo y mucho más amplio; como en la foto de la vara de trigo cascada en forma de siete o la del ala de pájaro que escapaba apenas del hocico de un gato. Incluso las fotos de texturas materiales como el nudo de un árbol, los leños convertidos en ceniza o el borde desgajado de un montículo de arena producían la desazón de un daño más propio de las personas que de las cosas. En mi computadora sonaban The National y Tame Impala mientras yo repasaba con una lupa las hojas de contacto. Podía leerlo tal como él había hecho conmigo en el instante de la toma. No hacía falta que dijéramos nada.

Zuri guardó la fotografía horrenda entre las páginas del libro, cerró el baúl y fue a abrazarme con ternura, complacido, como si yo hubiera dispuesto la colección de cámaras como regalo. Como si yo misma fuera el regalo. Traducía sobre mi cuerpo su ansia. Nos dimos un beso largo y hambriento como hacía mucho que no, y nos tendimos en la otomana. Él quería seguir, pero me aparté con suavidad y me senté en la orilla. Mira..., debe ser ese de allá..., dije.

Durante el desayuno Zuri me había preguntado si sabía de porcelanas, porque don Eligio le había pedido limpiar un jarrón chino que había en la casa. Lo necesitaban para la ceremonia. Le respondí que yo no sabía mucho del tema, pero que conocía a una experta. Me acerqué para verlo a detalle. Para ser exactos no era propiamente un jarrón, sino un tibor de porcelana azul y blanco, cubierto de filigranas, con dos grandes caracteres dibujados en los paneles opuestos de la panza. El color marfil del fondo, las grietas en el vitrificado y las muescas en la orilla de la tapa eran pruebas de su autenticidad. Vamos, dijo Zuri y se echó la mochila a la espalda. Levanté el tibor para ver en la base el sello del artesano y al sostenerlo sentí un peso extraño, un rebullir que me picó la curiosidad. Sin pensarlo levanté la tapa. En el acto me tomó por sorpresa una tufarada inmunda que me apretó la garganta como una garra. Zuri se dio vuelta y quiso saber lo que pasaba. No había recuperado todavía el aliento para explicarle y solo pude decirle con gestos que se alejara, el dorso de la mano puesto en la nariz, los ojos llorosos, la negativa. Él de todas formas se acercó y asomó la cara.

Primero se quedó paralizado, completamente pálido, el rostro contraído en mueca de asco, la frente perlada de sudor. Dejé el jarrón en el suelo y le puse la tapa. Él bajó despavorido a la terraza, se recargó contra el macetón y empezó a dar arcadas, respiraba agitado y tosía. Me acerqué y apoyé mi mano en su espalda para tratar de confortarlo, pero rechazó el contacto con una sacudida violenta y entró, dio de tumbos escaleras abajo, azotó la puerta. Me asomé por el borde y lo vi correr hacia la calle en dirección al parque hasta perderse entre los senderos. Yo volví al altillo.

Entre el desorden encontré un rollo de bolsas de basura y me puse dos a modo de guantes. Volví a quitar la tapa, esta vez con tiento. Cubría el fondo una placa seca y oscura, de apariencia orgánica. Hedía, pero el hedor ya no me pareció tan insoportable. No sería difícil de limpiar. Había un grifo bajo las escaleras. Lo abrí y un gran borbollón de agua oxidada se estrelló sobre las baldosas. Iba a cerrarlo cuando empezó a brotar un chorro lacio y limpio que barrió el polvo de camino al desagüe. Recibí el agua en el cuenco de las manos como una bendición. Estaba tan clara y fresca como si acabara de salir de un manantial. Daban ganas de beberla. Enjuagué varias veces el interior del tibor y regué las raíces muertas de las sábilas y las malvas. Luego me tallé las manos y me mojé la cara. Envolví la porcelana blanquiazul con el cubrecama que había en la habitación de los chinescos. Metí el bulto en varias bolsas de basura superpuestas y a cada bolsa le apreté muy bien el nudo para que el olor no se escapara.

Al bajar las escaleras sentí que me temblaban las rodillas. Busqué a Zuri al cruzar por el parque, pero no lo encontré en las mesitas de concreto ni en ninguna de nuestras bancas ni en el claro de césped donde solíamos tomar el sol. Recorrí los senderos mirando aquí y allá. Por suerte el tibor no pesaba tanto, pero los perros se detenían a olfatear la bolsa y sentía que la gente que pasaba junto a mí podía percibir el tufo. Apuré el paso. Llegué a mi departamento con la vaga esperanza de que Zuri me estuviera esperando en la entrada, pero no. Supuse que, como siempre que tenía una de sus crisis, necesitaría sentirse seguro, refugiarse en su asepsia, quitarse la ropa y quemarla, abrir y cerrar siete veces cada puerta, encender y apagar siete veces cada luz, sumergirse siete veces en el Jordán.

Encontré las llaves del coche en el bolso, por lo que ni siquiera tuve que subir a mi departamento. Seguí hasta la esquina donde estaba estacionado, abrí la cajuela, metí el tibor y me puse en marcha rumbo a la Zona Rosa. Los sábados había vendimia entre los pasillos de la plaza del Ángel. Eran como las tres de la tarde y ya muchos se estaban levantando. Recorrí al paso los puestos tendidos en el suelo, nomás por no dejar, entregada al goce gambusino de quien busca conchitas en una playa. Llegué hasta el local de Marce, la única amiga que tuve durante la universidad. Estaba sentada en una silla de lona junto a su tendido. Me saludó con simpleza, como si nos viéramos todos los días. Siempre fuimos así, sabíamos respetar nuestra reserva, por eso nos entendimos. Le mostré el bulto que llevaba en la mano, le expliqué lo que era y le pedí que le diera un vistazo. Entramos a su local. Cientos de porcelanas equilibraban su fragilidad sobre repisas y bases de largas patas flacas. Apreté los codos contra el torso por miedo a romper algo, mientras que Marce, confiada, hacía avanzar su corpulencia como un oso paseando entre robles. Detrás del mostrador había una estantería llena de materiales y herramientas en desorden, o en el orden que les daba el uso constante. Marce encendió una lámpara lupa de brazo móvil, se puso sus lentes bifocales y abrió las bolsas con el profesionalismo del médico que se acerca al paciente sin reparar en lo fétido de sus secreciones. Examinó con cuidado la pieza. La puso de revés y me mostró el sello de la dinastía Manchú de finales del siglo xix.

—¿Cómo ves?, ¿valdrá la pena restaurarlo? —pregunté.

—Pues... la porcelana *kraak* es bastante común —su voz era gruesa y poco afable—. Por lo general estas piezas tienen más valor por lo que representan que por lo que cuestan.

—¿Qué significa esto de aquí? —señalé uno de los signos pintados en la panza a punta de pincel.

—Este es el ideograma de *Chien,* el poder creador y del cielo. Este otro me parece que es *Kuai,* algo que se rompe o que termina de romperse. Por el olor y el tipo de restos diría que lo usaron como canope. Suena macabro, pero créeme que he visto cosas peores. ¿Quieres dejarlo?

—No sé. Estaba pensando en restaurarlo yo. ¿Crees que sería muy difícil?

—Nah, es muy sencillo. Primero tienes que lavarlo con espuma de jabón Zote y una esponja sin fibra, luego lo sumerges en agua con amoniaco al diez por ciento y lo dejas toda la noche; después lo enjuagas con vinagre blanco, lo dejas secar, le aplicas una pasta para quitarle las manchas. Si quieres, puedes usar la que tengo aquí, es especial para ese tipo de porcelana. Por último le pasas un paño de franela para retirar la pasta. No le veo cuarteaduras, pero, si encuentras alguna, mejor tráelo de nuevo y lo sellamos. Se sofocaba un poco al hablar, pero su grosor y la aspereza de sus modos me inspiraban un extraño afecto que yo ejercía guardando distancia. Sonreí. Sentí que estaba de regreso en un mundo que había dejado hacía mucho y que extrañaba sin darme cuenta. Hubiera querido quedarme con ella toda la tarde, sentarme yo también en una silla de lona, en silencio, gozando de su presencia honesta y de la forma en que maltrataba a los preguntones que no compraban nada.

La etiqueta pegada en el tubo de pasta de peróxido me recordó que el costo de los materiales había sido uno de los motivos por los que me vi obligada a abandonar la práctica de la restauración. De todas maneras, sabía que no era ni la octava parte de lo que Marce hubiera cobrado a uno de sus clientes por limpiar ese tibor, así que pagué la pasta y le agradecí que me compartiera el procedimiento. No era poca cosa, teniendo en cuenta lo celosos que suelen ser los restauradores con sus fórmulas.

Estaba contenta. Se me había reavivado el gusto por reparar lo roto, por rescatar del abandono las cosas viejas y bruñir el tiempo. De regreso pasé a comprar los materiales. No tenía patio, así que llené la tina del baño con la solución y sumergí la porcelana. El olor a amoniaco era tan penetrante que hacía lagrimear los ojos. Aunque prefería el penetrante olor químico al hedor mortífero de los restos que había limpiado y que se me seguía apareciendo de pronto, por encima del hombro, como fantasma.

Te observo ir y venir, de un lado a otro del altillo, afanado en los detalles, adusto y minucioso. Observo el tacto con que dispones cada uno de los instrumentos sobre la mesa: el filtro ultravioleta, el filtro de densidad neutra, los filtros de colores para conseguir ciertos efectos, aunque la película sea en blanco y negro. Doy un trago de *whisky* y me recuesto en la otomana. Veo satisfecha la viguería del tejado, libre de telarañas y de polvo. El olor de la cera se mezcla con el de la pintura fresca de los muros. El *parquet* brilla recién pulido como si le hubieran derramado miel. De nuevo enfoco en ti la mirada. Te observo, pero tú no te inmutas, ni siquiera levantas el rostro. Vas colocando las cámaras en la zapata de su respectivo tripié. Las lentes, los accesorios que estaban guardados en maletas especiales con compartimentos diseñados para cada cosa ahora descansan sobre el paño negro que tendiste sobre la mesa auxiliar. Con gesto adusto y tacto solemne vas asignando el lugar preciso a cada objeto. Pareces preocupado, como si controlar la exactitud de los detalles fuera un asunto de vida o muerte.

—Es usted una persona en extremo meticulosa —bromeo impostando la voz—. Sin lugar a dudas esa meticulosidad ha hecho de usted el más hábil fotógrafo del mundo.

Levantas la mirada un segundo, alzas la ceja y sonríes, pero pronto vuelves a lo tuyo. Siempre que te veo trabajar me desconcierta la gravedad que pesa sobre ti. Me sorprende el cuidado que pones en cada acto, en cada movimiento. Admiro esa parsimonia, aunque tus colegas en la agencia reprochan que te tomes las cosas con tanta seriedad; algunos dicen con franqueza que eres un pedante, otros solo te evitan, en especial las modelos, que se quejan de que las tratas como si fueran una silla o una caja de cereal.

Por favor, quítate la ropa. Lanzas la orden con tono frío y yo me quedo sorprendida y quieta, como dudando haber oído bien. Te agachas en un rincón y abres una vieja maleta verde. Quítate la ropa, Min. Insistes impaciente mientras revuelves entre las valvas abiertas. Te pones de pie, vienes hacia mí y me entregas una prenda de muselina blanca sin voltear a verme. Entiendo. En este momento soy la caja de cereal; uno más de los objetos que debes controlar para que la serie fotográfica salga perfecta.

Decido seguirte el juego. Voy al fondo del altillo y me parapeto detrás de un biombo lacado con escenas orientales, como si de verdad me diera pena desnudarme frente a ti. Extiendo el vestido entre las manos: lánguido, volátil, de muchas capas, peto con silueta de corazón y un amplio manto traslúcido que cubre la espalda, los hombros, el torso y los brazos como lacias alas de libélula. Si no fuera corto coctel parecería de novia. Me pregunto de quién habrá sido. Parece viejo. Siento por anticipado el escozor de enfundar el cuerpo en una prenda ajena. Le doy una ligera sacudida y lo miro de nuevo antes de ponérmelo. En fin, solo es utilería, solo se trata de representar la escena. Me quito el pantalón de mezclilla, la camiseta, el chándal. Tomo el vestido y busco entre sus milhojas el centro del forro, meto la cabeza y nado entre la tela hasta encontrar la salida del otro lado. Puesto sobre mí, las capas encuentran su acomodo. Me queda un poco apretado de la cintura y tengo que contener la respiración para que la cremallera suba sobre mi costado derecho. Una vez que cierra, dejo que mi cuerpo se acomode al abrazo de la tela. Levanto los brazos para sentir el tacto de la mantilla que cubre desde el cuello hasta las manos, agito las alas como queriendo volar y busco tu mirada para ver si correspondes al juego, pero sigues concentrado.

Me pides que me recoja el pelo hacia arriba, que deje algunos mechones sueltos para que se refleje la luz. Me levanto la melena y me paro frente al espejo. Me divierte descubrir frente a mí un ser distinto, anticuado, cruel, bello. Te busco en el reflejo a mis espaldas. La luz del quinqué es cálida y muy tenue. La llama me encandila y apenas alcanzo a distinguir tu silueta entre la oscuridad; por un segundo me pareces más alto, más corpulento de lo normal. El desconcierto me hace voltear sobre mi hombro, pero el efecto desaparece cuando avanzas hacia la luz. Revisas que las cámaras estén dispuestas en sus ángulos respectivos según el encuadre: la Graflex Speed Graphic de 4 x 5, la Kodak 2 Ojo de Buey, la réflex Rolleiflex, la Hasselblad colgada del cuello. Ajustas intensidades y distancias. Sobre el paño negro aguardan las placas, los rollos de formato medio, el Ilford Pan 400, el Fp4 de treinta y cinco milímetros. Todo alineado simétricamente y en el orden en que lo vas a utilizar.

Me siento frente a la consoleta de patas de grifo y repaso las instrucciones: debo tener la espalda recta, los hombros relajados, el torso a cuarenta y cinco grados, la cabeza ligeramente inclinada hacia delante. Debo tomar las tres monedas chinas que hay sobre la cubierta y agitarlas entre las manos, ni mucho ni poco, tres o cuatro veces, lo suficiente para que el azar haga lo suyo, para dejarlo libre y que él decida; que su ojo se abra dentro de la oscuridad y revele el signo. Debo arrojar las monedas sobre la superficie de mármol, dejarlas que salten de una cara a otra, que bailen con oscilaciones circulares sobre la roca pulida y fría hasta quedar quietas, que su inmovilidad opte por uno de los extremos de la dualidad: *yin* o *yang,* línea fija o línea móvil. En seguida debo dibujar el trazo horizontal sobre una hoja con un carboncillo negro: línea partida o línea completa, según sea el caso. Debo hacer lo mismo seis veces, trazando cada vez la línea correspondiente arriba de la anterior, como si se tratara de una brevísima pieza teatral sin diálogo. Seis actos, un solo instante en el que se revelen los demás instantes superpuestos.

Tomo las tres monedas chinas y escucho el disparo de la cámara. Me miro en el espejo y me convenzo de que no soy yo, soy alguien más, una mujer sin nombre que quiere leer su suerte aun cuando ya la sabe. Anido las monedas en el hueco de mis manos empalmadas. Oigo el segundo y el tercer disparo. Las agito. Estás muy tensa, Min, afloja los hombros, me regañas desde la sombra. Tomo una profunda respiración y reprimo la cosquilla de miedo. Dejo caer las monedas sobre la superficie. Oigo el tintineo del metal sobre la roca pulida, las agudas oscilaciones van descifrando el signo mientras los disparos se suceden uno a uno, pausados, mucho más lentos de lo habitual. La luz es muy débil y los obturadores deben abrir y cerrar muy despacio: un arrastre seguido de una pausa y un segundo arrastre, semejante al sonido de pasos como de alguien que viniera subiendo por las escaleras.

Las monedas se quedan quietas. Tres *yin* es igual a *yin*. Trazo en la hoja la raya partida, interrumpida a la mitad por un breve espacio en blanco. Primera línea: restaura lo que fue dañado por el padre.

Desde la noche en que bebimos Talisker y me mostró sus hojas de contacto, empezamos a buscarnos y a salir con mayor frecuencia, aunque nunca hablamos de los términos de la relación. Yo en ese entonces estaba cursando los dos últimos seminarios de la maestría, uno sobre teoría de la intervención arquitectónica y otro sobre Viollet-le-Duc. Trabajaba en la coordinación académica llenando informes en retribución por la beca y tenía que entregar el siguiente capítulo de la tesis, que había postergado ya tres veces e iba por la cuarta. A Zuri lo explotaban en una agencia publicitaria de lunes a viernes, así que solamente podíamos vernos los sábados. Desayunábamos en el Marie Callender's, mismo gabinete, mismo menú; luego nos íbamos en mi coche a algún recinto histórico, a recorrer museos, avenidas, plazas, o salíamos de la ciudad: Cuernavaca, Malinalco, Tepoztlán, Mineral del Chico. Mientras él tomaba fotografías, yo simplemente observaba. Me gustaba imaginar la manera en que descubría la realidad a través de la lente y no dejaba de asombrarme la cualidad de su ojo para dar con el momento exacto, la belleza insospechada. A mí, tomar una buena foto me resultaba prácticamente imposible. Daba lo mismo que fuera ciega. Alguna vez le pedí que me prestara su cámara con tan malos resultados que desistí en el acto. Ni con todos los filtros del celular era capaz de hacer una foto aceptable. Mis fotos, al contrario de las de Zuri, parecían reducir la realidad, apocarla; los objetos que fotografiaba se volvían llanos, perdían el encanto que tenían en la realidad. Ya ni siquiera lo intentaba, ¿para qué?, si a final de cuentas a mi memoria lo que le gustaba era prendarse del conjunto de impresiones que me producían los lugares al ser transitados: su densidad, la luz amarilla del bosque entre partículas de niebla, el olor del carbón encendido con ocote, el resonar de los pasos en un pasillo muy largo con bóveda de petatillo, el sol picante de noviembre contra el viento frío, las voces que susurran secretos de una esquina a otra en los recintos conventuales, el alto de los muros, el peso de los techos, la humedad en la sombra, las palabras espontáneas, el brote del agua en las fuentes, el roce de la materia bajo el tacto de las manos: nada que implicara renunciar al paso del tiempo.

Por la tarde regresábamos a la ciudad y dejábamos que terminara de acabarse el día. Íbamos al centro comercial a comprar cualquier tontería, a comer *sushi,* a tomar frapuchino Oreo o a beber una cerveza para matar las horas porque debíamos llegar a su casa después de las once, cuando su madre estuviera en su cuarto o en casa de su novio. Para Zuri, rentar por su cuenta y vivir solo era una de las muchas cosas que le impedía su condición. No soportaba más de dos horas en mi departamento o en cualquier otro lugar. Con tal de pasar la noche con él accedía a ir a su casa. El problema era que teníamos que entrar a hurtadillas como adolescentes. Dejaba mi coche estacionado en la calle y él abría el portón lateral con mucho cuidado para no alarmar a los perros. Caminábamos sin hacer ruido por el sendero adoquinado que llevaba a su cuarto, anexo a la casa, con entrada independiente. Los perros de todas maneras lo seguían haciendo alharaca, me ladraban furiosos y sentía que en cualquier momento iban a lanzarme la tarascada en la pierna. Salvo por la molestia de los perros, de caminar a hurtadillas y no poder reír a carcajadas, lo pasábamos bien ahí. A veces pedíamos *pizza* y veíamos series o nos quedábamos bajo las mantas, con los pies entrelazados, leyendo cada quien lo suyo. Hacíamos el amor con la exactitud de las películas porno, solo que en modo silencioso. Había aprendido mi papel, había ensayado mis posturas y cada vez el acto iba siendo más preciso, más natural. Al terminar solíamos permanecer en silencio largo rato mientras yo le pasaba la punta de los dedos por encima de la piel de la espalda y de los brazos, casi sin tocarlo, produciendo una suerte de descarga eléctrica, de cosquilla que lo sacudía de ansia. Me detenía y le preguntaba ¿estás bien? Él entonces me pedía que siguiera y yo seguía tocándolo muy apenas hasta quedarnos dormidos. Al otro día debía levantarme de madrugada y salir antes de que la casa despertara. Atravesaba el jardín muerta de frío, mientras los perros volvían a lanzarme encima sus hocicos llenos de dientes. Por supuesto que era indigno entrar y salir de aquel modo, que me escondiera de su familia; sin embargo, yo misma buscaba los argumentos para convencerme de que era necesario. Pensaba en lo difícil que debió haber sido para él ganar algo de autonomía, y hasta me sentía halagada por ser parte de ese universo íntimo que había edificado a espaldas de su casa de infancia. No estábamos tan mal; mientras me atuviera a esas condiciones podíamos casi ser una pareja.

Nuestra relación empezó a venir a menos cuando pusieron a Rafita como director de arte en la agencia. Zuri se quejaba de que su jefe era un inepto y a él le tocaba pagar los platos rotos. Dejó de tomar sus propias fotografías, siempre estaba de malas, poco dispuesto a dar de sí. Yo sin chistar ponía el resto, que entusiasmo me sobraba, lo difícil era contener el afán de entrega y no volcar mi ímpetu sobre su reserva, no sentir su reserva como rechazo, no tomar su rechazo como desaire cada vez que lo buscaba o que le proponía que hiciéramos algo. Quizá fue por eso que me tomé tan a pecho la invitación.

Rafita daría una fiesta para inaugurar su nuevo departamento, regalo de su pareja, el sobrino del dueño; había invitado a todos los de la oficina y yo le insistí a Zuri que fuera. Su jefe actuaba de buena fe, y sería la oportunidad perfecta para conciliar diferencias. Lo hablamos durante el desayuno. Dijo que solo iría si yo lo acompañaba, no estaba dispuesto a entablar conversación con esa gente. Sería la primera vez que asistiríamos a una reunión con otras personas, me entusiasmaba formar parte de su mundo, ser su cómplice y librar juntos la modesta batalla de la interacción social.

El nuevo departamento de Rafita estaba en una de esas colonias históricas donde la sola presencia de antiguos edificios de piedra esculpida, el *art déco* y los concurridos restaurantes bastan para dotar de sentido humano a las torres de concreto y vidrio. El contraste de arquitecturas se equilibraba con la abundancia de fresnos y jacarandas que desde hacía mucho habían extendido sus frondas y engordado sus troncos. El edificio ostentaba un lujo irónico y esencialista: lámparas incandescentes, superficies de cemento pulido y muros a los que les habían raspado el yeso para dejar expuestos los ladrillos; pintura negro mate, madera apolillada, plantas precisas, amplísimos balcones donde se distribuían los invitados en racimos como figurines en una maqueta.

Me sentí inadecuada desde que subió con nosotros al elevador una chica de cabello color cereza, absolutamente confiada en sus pantalones rotos, en su esbeltez. Le había cortado las mangas a su camiseta para mostrar mejor sus tatuajes, no iba maquillada y tenía el pelo hecho una maraña, mientras que yo me había trenzado el cabello, me había pintado los ojos y los labios, y mi tonto vestido de satín me hacía parecer señora cuarentona. Por si fuera poco, me había puesto unos tacones que no usaba desde mi fiesta de graduación y que calaban lo mismo que caminar sobre un interminable lecho de piedras filosas. Ella nos dio las buenas noches, presionó el botón del piso y se quedó en silencio mirando la luz de los números en el tablero, como si le costara no voltear y reírse.

El propio Rafita abrió la puerta y se lanzó a saludar a su amiga con una euforia desproporcionada. Yo, mientras tanto, abrazaba contra las costillas la maceta de romero que llevaba como regalo. ¿Para qué quieres eso?, había preguntado Zuri cuando me vio bajar del coche con la planta. Pues... para tu amigo. Ese imbécil no es mi amigo, contestó con un desprecio sincero y profundo. Además, no sabe mantener viva ni una piedra. Rafita nos saludó y nos hizo pasar. Quise entregarle la planta, pero respondió con un forzado gracias, déjala por ahí, y papaloteó las manos porque no quería que se le llenaran de tierra. Luego se puso a darnos el recorrido por aquel departamento: son tres recámaras, tres baños, el del cuarto principal tiene una tina clásica que es un encanto, mírenla, le pusimos la Tina Turner, ¿no es linda? Y cabemos los dos perfecto. El diseño del mosaico lo escogimos nosotros. La duela de los pisos es de puro cedro, te la garantizan de por vida. Habíamos visto otro de ciento cuarenta y tres metros, pero le habían puesto esa duela de laminado que no dura nada, como aquel plástico horrendo que usaban antes en las casas de los pobres, ¿te acuerdas? Brrrr, daba cosa nomás de ponerle los pies encima. Las cervezas en el refri, *darling*, porfi...

De pronto volteé y Zuri ya no estaba conmigo. Rafita hablaba en tono cada vez más personal con la chica de cabello cereza, me sentí excluida. Para no salir huyendo, me refugié en la cocina. Puse la maceta de romero bajo el grifo y la regué con la esperanza de que viviera un poco más. La dejé escurriendo en la tarja, junto a la bolsa de hielos. Tallé una ramita y me llevé los dedos a la nariz, convencida de que iba a morirse. Saqué una cerveza del refrigerador y fui en busca de Zuri, que estaba recargado al final del balcón. Llevaba en la mano un vaso bien lleno de Jack Daniel's. Platicaba con dos compañeros y Linda Makina, la becaria, a quien conocía de su canal de YouTube. Me apoyé en el balcón y le di un sorbo a mi cerveza.

Los asistentes eran todos jóvenes, bellos y seguros de sí. Bebían sin que la embriaguez desbordara su carácter, reían solo de lo que había que reírse. La frialdad de sus emociones contrastaba con la extravagancia de las ropas, los peinados, los cortes de pelo, los tintes, los tatuajes, los accesorios. Yo, mientras tanto, fantasma de carne y hueso, no hallaba cómo arrinconar más la espalda sin que el pasamanos me atravesara las costillas. No comprendía ni la mitad de lo que estaban diciendo, usaban un lenguaje extraño, lleno de términos de *marketing,* nombres de marcas, referencias que me resultaban ajenas, palabras en inglés. Yo no me atrevía a abrir la boca más que para comer un par de bocadillos de salmón con queso *quark*. Zuri llenó su vaso una vez más, y ya ni siquiera se molestó en ponerle hielo. Gustosa hubiera competido con él en las carreras de Jack Daniel's, pero llevaba el coche y no podía tomar más de dos cervezas.

Del otro lado del cristal, en la sala de sillones blancos, una chica muy varonil, con la nuca recortada a rape y grandes auriculares, se encorvaba sobre una consola ensamblando música retro que nadie parecía escuchar. Los hombres bromeaban con soltura y parecían no fijarse en los escotes ni en las piernas desnudas de sus amigas. Risas como chapoteo de agua. Todos eran tan espontáneos que arredraba la exagerada naturalidad de su dicha.

Zuri ya iba por el cuarto o quinto trago cuando Rafita se incorporó al grupo. Había tensión en las palabras y en los gestos, aunque no podía interpretar por qué. De pronto el tono de la conversación subió, y Zuri confrontó a su jefe, vaso en mano y arrastrando la lengua: estás bien pendejo, pinche puto, dijo, y yo en el acto lo jalé para que se callara, pero él se sacudió de un tirón derramándose encima la mitad del vaso. Rafita respondió con aparente indolencia: qué pena me das, Zuricata, mejor ve y tómate un agua mineral o algo, no quiero que vayas a vomitar en la duela. Se apartó altivo. Los otros dos compañeros que estaban en el grupo se retiraron también, mientras que Linda Makina torcía la boca como para contener la carcajada.

Arrastré a Zuri hasta una de las tumbonas del balcón y le pedí a la becaria que por favor se quedara con él mientras iba por el agua. Cuando volví se estaban besuqueando. No sé qué sentí más, si rabia, decepción o hartazgo. Tuve ganas de irme y dejarlo ahí, que hiciera lo que le pegara la gana. Pero no pude. Sabía que se estaba yendo a pique. Fui y me paré frente a ellos con gesto de reproche.

—¿Eres su hermana? —preguntó la becaria balbuceando y con la mirada perdida, todavía colgada del cuello de Zuri—. Pareces su hermana.

—A ti qué te importa. Hazte a un lado —le dije y, cuando se levantó, me senté en su lugar.

—Tenemos que irnos. Ten, tómate esto —le dije a Zuri mientras le ponía el vaso de agua entre las manos. Linda Makina no estaba tan errada. Más que su hermana parecía su niñera. Lo tomé del brazo para que se levantara y entramos en la sala dando de tumbos. Le dije que me esperara porque tenía que ir al baño, lo dejé recargado en la orilla del sofá. Oriné y me subí las medias lo más rápido que pude. El mosaico de cubos estaba inmundo de lodo y orines. Al salir escuché un disturbio. Nada estrepitoso, a lo sumo una agitación, algo que sobresalía del tono regular de las conversaciones. El batir de una puerta acolchado por el aire que se comprime. Rafita tenía el rostro congelado en un gesto de incordio y su pareja le murmuraba es un idiota, déjalo, olvídalo ya. Zuri, por supuesto, ya no estaba en la orilla del sofá. Algunos me miraron de soslayo con una mezcla de lástima y desaprobación. De nuevo me refugié en la cocina para tomar fuerzas y atravesar el pasillo hacia la salida. Cuando crucé la puerta ya nadie se acordaba de nosotros.

Desde la entrada del edificio miré hacia ambos extremos de la acera. Zuri estaba sentado en los escalones del edificio contiguo, miraba al suelo y arrojaba una larga bocanada de humo. No levantó la cara al escuchar mis pasos, pero cuando me paré frente a él y vio que llevaba abrazada la maceta de romero sonrió con media boca. Abrió su mochila y sacó una botella de Blue Label. Mi liquidación, dijo ufano. Por fin logré que me corrieran de ese maldito trabajo de mierda; tenemos que celebrar. Destapó la botella ahí mismo, en la calle, sin ceremonias; le arrancó el sello, tronó la rosca, apoyó los labios en el pico y empinó el prisma para dejar que el licor le resbalara por la garganta.

Apenas eran las nueve y cuarto. No podíamos llegar juntos a su casa a esa hora ni podía dejarlo así como estaba de borracho, de modo que lo llevé a mi departamento. Le abrí la puerta del coche, le quité el cinturón de seguridad y lo desperté. Tuve que cargarlo para subir las escaleras y llegar al rellano del elevador. Apenas entramos y se desplomó en la cama, sobre las cobijas revueltas. Yo aventé lejos los tacones, me quité el vestido de satín, el sostén y las medias. Tenía las piernas hinchadas, me sentía gruesa, llena de hormonas. Fui a la cocina. Necesitaba tomar algo fuerte y me sentí con la libertad de participar del botín, así que me serví una medida de Blue Label y me la tomé con ánimo de recuperar la ventaja perdida. El licor era pesado y casi caramelo, su perfume era muy distinto del ordinario Black y ya no se diga del Red, mucho más intenso, se instalaba en la parte de atrás del cráneo y distendía a su paso los músculos de la quijada y del cuello con una cosquilla de pluma. Puse música en la computadora, calenté las sobras de un *yakimeshi* que había en el refrigerador y me lo comí mientras hacía *scroll* viendo videos de gatos y esas cosas. Intenté forjar un cigarro con el tabaco de Zuri, pero no logré dejarlo apretado y uniforme como le quedaban a él. De todas maneras, lo encendí. Sonaba Koop o Françoise Hardy y podía sentir cómo se iba apoderando de mí la pesadumbre, acompañada del consabido reproche de no ser suficiente, de que, sin importar cuánto me esforzara, nunca sería suficiente, nunca empataría con la medida de su deseo.

Debía ser poco más de la una cuando me arrastré a la cama. Me sentía humillada y triste. Quería echarlo a patadas para limpiar mi dignidad, pero más quería que me amara o que al menos reconociera mi lugar a su lado. Pensaba en lo que le diría al día siguiente, poner en claro las cosas, saber lo que él quería, lo que estaba dispuesto a dar y lo que no. Abracé su espalda. Él, sin despertar del todo, se dio la vuelta y me repegó su cuerpo con vehemencia. Sus manos se fueron directo bajo la tela de la pantaleta. Le dije no, espera, no es buen día. No tenía preservativos, no quería, no sentía deseo. Le busqué el rostro para decírselo, pero él estaba fuera de sí y temí que se sintiera frustrado, que se levantara y se fuera y no volviera a verlo nunca. Así que lo dejé abrirse paso entre las mantas y los obstáculos, que se sirviera de mi cuerpo como autómata, como quien llega a su casa, abre el refrigerador y se empina la botella de jugo directo de la garrafa. Concedí. Cuando terminó fui al baño a limpiarme la entrepierna y al volver vi que estaba sentado en el borde de la cama, abrochándose las agujetas de los tenis para irse.

Le pregunté ¿qué haces? Le pedí que se quedara conmigo, que por favor me abrazara un rato al menos, pero dijo que tenía que irse y entonces me quebré en llanto. Intenté acercarme, pero su cuerpo estaba tenso y apartaba el rostro. Avanzó hacia la salida. Yo me recargué en la puerta. Me senté en el suelo balbuceando entre hipos. Quería arrancarle una respuesta, una promesa, una disculpa. Le pedí que me perdonara por ser quien soy, le prometí cosas que ni siquiera tenía en mis manos cumplir. Pero él, en lugar de compadecerse, puso cara de fastidio y se fue a encerrar al baño. Mientras lo esperaba fui a servirme una medida de Blue Label. Sostenía el vaso en la mano parada en el umbral de la recámara cuando oí chirriar la herrería oxidada de la ventana batiente del baño. Había trepado al depósito, había colado su cuerpo esbelto por el respiradero. Oí sus pasos en la zotehuela, vi su silueta a través del vidrio de la puerta dirigirse hacia el cubo del elevador y ya no pude contener la rabia. Arrojé el vaso contra el vidrio para que el estruendo diera fe de lo que me pasaba dentro.

Al despertar sentí frío. El viento atravesaba libre la ventana de la puerta, los ruidos de la avenida se oían más cerca y más claros. Me tragué dos Advil y me cambié de ropa. Los vecinos que se levantaron temprano esa mañana, al pasar junto a mi puerta, pudieron ver el desorden, la botella vacía, ropa regada por todas partes, papeles y libros, el cenicero repleto, la computadora abierta, los vidrios en el suelo. Levanté los más grandes, barrí los pequeños. Bajé a la tienda por una caja de jabón Roma para tapar el hueco, la desarmé, la recorté a la medida, la pegué sobre la herrería con cinta canela. El logotipo de la mujer de trenzas que lava sobre una palangana rebosante de burbujas había quedado de cabeza. Mientras tomaba café trataba de repasar los incidentes de la noche anterior: la fiesta en casa de Rafita, el Blue Label, el regreso, el llanto, el desdén, la rabia, el golpe del vaso en la ventana, el susto y el estrépito, el recuerdo de la humillación que se me había clavado en la memoria como una esquirla.

Cuando desperté, el olor a amoniaco me recordó el día anterior y pensé en la casa: cómo sería arrancar de los muros las cáscaras de pintura para resanar con yeso las partes carcomidas y pintar todo de blanco, raspar el mastique viejo de la herrería y cambiar los vidrios, podar el jardín, sembrar hortalizas, mandar a tapizar el sillón, pulir el *parquet* del segundo piso, del altillo, arrancar las alfombras, aspirar el polvo, sacar lo que no sirve, coser cortinas nuevas para las ventanas. Revisé mi celular para ver si había recibido algún mensaje de Zuri, pero no había escrito ni llamado. Puse café y volví a la cama. Había dejado en el buró el libro de cuentos de Perrault, una edición antigua, de pasta dura forrada en tela con letras grabadas en oro. El lienzo del lomo estaba roto, al igual que el papel marmoleado de las guardas. No sería difícil repararlo. En la portada aparecía el Barba Azul de Doré: un hombretón gigante y barbón, tan peludo como una bestia, pero engalanado con joyas, una rica túnica, sombrero de copa con pluma de avestruz; sostiene el mazo y la llave de la habitación prohibida con un elocuente gesto de advertencia; mira con ojos desorbitados a la frágil mujercita de perfil discreto que a su vez no puede apartar la vista de la llave, casi la toma entre sus manos, absorta, ciega ante la monstruosidad que tiene frente a ella. Iba a empezar a leer cuando oí el toque de nudillos sobre el marco de herrería. Conocía esa manera de llamar, y hubiera reconocido también la silueta detrás de la ventana de la puerta, si no fuera porque había una caja de jabón Roma en lugar de vidrio. Miré el departamento en desorden, inundado de vapores de amoniaco. El administrador insistió, pero yo me quedé quieta entre las cobijas. Escuché entonces que deslizaba un papel por la ranura y los pasos se alejaron por la zotehuela. Salí de la cama y fui por la hoja. Se trataba de un oficio con el membrete de la inmobiliaria. Se le informa que... disturbios, daño a la propiedad, uso de estupefacientes y quejas por parte de los vecinos..., el contrato número..., que vence el día..., no será renovado, por lo que deberá desocupar el inmueble antes del día... Doblé de nuevo la hoja y me abaniqué con ella mientras pensaba de nuevo en la casa y sus posibilidades de arreglo. Tal vez Zuri accediera a rentarme una de las habitaciones a cuenta de mis honorarios, de ese modo matábamos dos pájaros de un tiro.

Enjuagué por última vez el tibor. Debí usar guantes, las manos se me estaban escociendo. Lo puse a secar bocabajo, sobre una toalla, en la zotehuela. Me senté a un lado como quien espera a un lado del horno a que esté listo el pan, y finalmente me puse a leer. Cuando la joven entró a la primera habitación vio que todo era de oro: los marcos de las ventanas, los postes de la cama, el piso, las molduras de las paredes, los candelabros, el recamado de los cojines, los espejos, las copas y las tazas; los baúles contenían montones de monedas de oro puro y los armarios, estofados en oro por dentro y por fuera, estaban repletos de vestidos bordados con hilo de oro, zapatos, pelucas y joyas, y hasta el papel para escribir cartas tenía briznas doradas, así como la tinta de oro líquido contenida en el sólido tintero.

Zuri llamó como a eso de las cuatro. Preguntó por el tibor. Le dije sí, acá lo tengo, me lo llevé para limpiarlo, de hecho ya es hora de quitarle la pasta. Miré el reloj. Dijo voy por él. Me puse nerviosa porque mi departamento era un desastre y todavía olía a amoniaco. Dijo llego en veinte minutos y colgó. Levanté un poco el desorden, escondí la caja de la *pizza* que había pedido y me apresuré a tallar la pasta con la franela. A cada filigrana le nacía nueva luz y el azul cobalto parecía tinta fresca.

Cuando oí sonar el timbre caí en la cuenta de que no me había bañado y todavía llevaba puesta la pijama. Levanté la bocina y lo escuché decir hola, soy yo. Abrí con el mando a distancia y corrí al baño a meterme bajo el chorro de la regadera sin esperar a que saliera el agua caliente. Dejé la puerta abierta para oírlo entrar. Salgo en un minuto, le grité. Terminé de enjuagarme el champú, cerré la llave, me envolví en una toalla.

—Perdón por el olor. Es por el líquido que usé para limpiarlo.

—Está bien, no importa —respondió desde la sala—. ¿Sabes dónde puedo comprar flores a esta hora? Pasé al súper, pero ya no había y la florería estaba cerrada...

—Hmmm..., déjame pensar.

Me puse ropa interior, desodorante, traté de acomodarme el cabello.

—Discutí con Patricia —era así como llamaba a su madre—, no quiere que las cenizas de don Eligio estén en nuestra casa, tendré que llevarlas a la suya. ¿Puedes acompañarme?

—Claro —respondí poniéndome una camiseta cualquiera.

No había entendido que se trataba de una ceremonia fúnebre hasta que salí a la sala y lo vi vestido de traje y camisa negros. Recuerdo que me fascinó el aire de *dandy* existencialista y melancólico que le daba ese atuendo. Le dije dame un minuto, y corrí a cambiarme los pantalones y la camiseta por un vestido de terciopelo rojo oscuro casi negro de corte *bustier* con tirantes, como de bailarina, mallas de red y zapatos de correa en el tobillo. Me puse perfume y me pinté los labios. Cuando por fin salí, Zuri estaba examinando de cerca los trazos azules en la porcelana. Me acerqué y lo abracé por la espalda.

—Este signo de aquí es *Kuai* y este de acá es *Chien,* algo así como el principio y el fin.

Alzó las cejas sorprendido, volteó a mirarme.

—Oye, te ves muy bien —dijo, y me sentí plena.

—Creo que ya sé dónde podemos conseguir flores. Envolví el tibor en una manta limpia y lo guardé en una maleta. Tomé mi bolso, una *pashmina,* las llaves y unas tijeras. Formé el ramo con tres varas de lilis, seis hibiscos, un botón de rosa amarilla, un manojo de lantanas rojas y otro de moradas para abultar la base. Zuri me esperaba malhumorado al final de la rampa. Estás loca, de esas no, dijo al darse cuenta de mis intenciones. Como si las flores dignas necesariamente tuvieran que ser compradas en una floristería. La casa estaba a unas cuantas calles de mi departamento. Él llevaba la maleta con el tibor y la urna con las cenizas de don Eligio en su mochila. A esa hora el parque estaba tranquilo. El cielo plumbago comenzaba a espesar las sombras, pero sabía dónde buscar. Vi que no hubiera algún vigilante y me metí entre los arbustos para conseguir la ofrenda. Consumado el hurto, salí al camino, subí la rampa y llegué con una sonrisa triunfal hasta donde estaba Zuri. Él también sonrió, aunque con boca chueca, volteando los ojos y negando. Sacó la cartera del tabaco y nos recargamos en el pretil. Era increíble la habilidad con que daba forma a los cigarrillos en un pase rápido, como de mago. La flama del encendedor consumió la punta. Extendí los dedos para que me dejara fumar y luego de exhalar una larga bocanada le pregunté ¿es en serio?,

¿de verdad quieres que te ayude a restaurar la casa?

Nos acercamos al chaflán con un ánimo distinto, entusiasmados, haciendo planes. Zuri necesitaba que el espacio estuviera limpio y funcional en menos de tres meses. Quería montar el estudio en el altillo, despejar la estancia para poner una galería y limpiar las habitaciones en caso de que se rentaran como oficinas o las usara él mismo, nosotros, para vivir. Era la primera vez que sugería algo así y no pude evitar un sobresalto, aunque logré mantener el temple. Tal vez la emoción del momento lo había llevado a plantear esa posibilidad. No quería hacerme falsas ilusiones.

Caminamos entre la hojarasca, rodeando la construcción, observando los detalles de la fachada. En un diagnóstico rápido, a partir de lo que había visto el día anterior, le dije que la estructura estaba bien conservada, parecía firme, aunque sería necesario de cualquier forma que un arquitecto la evaluara. Habría que revisar las instalaciones, raspar el repellado, impermeabilizar, limpiar. Me parecía que lo más complicado sería deshacernos de la basura, encontrarle su destino a cada cosa. Por mí, puedes tirar absolutamente todo, dijo. Solo había que conservar los libros, los documentos y cualquier objeto que tuviera que ver con su oficio. Debía entregarle un proyecto más o menos detallado, con fechas, cantidades y el desglose de mis honorarios, para presentarlo a su tía Silvia y a los abogados, a fin de conseguir el estipendio y llegar a un arreglo. Aunque la verdad yo estaba dispuesta a hacerlo aun cuando no me pagara, incluso si tuviera que poner dinero de mi bolsa.

En ese momento hubiera sido capaz de hacer cualquier cosa con tal de construir una vida a su lado.

Era la hora del día en que crecían las sombras dentro de la casa. Intenté prender una luz, pero no funcionó y supuse que no había electricidad. Zuri quería darse prisa y llevar lo más pronto posible el jarrón y la urna al altillo, dejar uno al lado de la otra como se le había indicado. Iba directo a las escaleras, pero le pedí que esperara y fui por un quinqué de vidrio blanco que había visto sobre la repisa de la chimenea. Puse la lámpara a contraluz para comprobar que tuviera combustible. Separé la bombilla con mucho cuidado y le quité el polvo con una vieja servilleta. La mecha estaba llena de pelusa, pero no se había secado. Zuri me pasó su encendedor y la flama fue dibujando un círculo azul que iluminó la estancia y nos hizo respirar mejor. Junto a la chimenea había un carrito de servicio bien provisto de botellas: ron, ginebra, *whisky*. Zuri no tardó en ir a revisar las etiquetas. Eligió una que decía Longrow. La destapó y olfateó el contenido. Estamos salvados, dijo. Yo ensarté de nuevo la bombilla sobre la base y pudimos subir con paso certero.

Pasamos de largo el corredor y sus seis puertas, seguimos por la habitación de los chinescos. Subimos las escaleras de tramo recto y llegamos al altillo. No quedaba ya rastro del olor. Dejamos los bultos en el suelo y le dimos un trago al Longrow directo de la botella a falta de vasos. Improvisamos una suerte de altar junto a la arquería: una consoleta Luis XV de patas de grifo recargada contra la pared y un espejo con marco de volutas doradas apoyado sobre la cubierta. La luz viva del quinqué iluminó el azogue oxidado y las postillas de paisaje lunar daban a lo reflejado un aire de memoria y de sueño. Zuri buscaba una foto de su tío en el interior del baúl. Saqué el tibor de la maleta y lo coloqué en el centro, hacia el frente el signo de la vida, reflejado en el espejo el de la muerte. Puse las flores recostadas del lado izquierdo. Zuri sacó la urna de su mochila y la sostuvo entre las manos unos segundos quieto, reflexivo, antes de depositarla al lado del tibor. Eligio Vargas Pani (1933-2015). Por último, recargó contra la urna la fotografía de un hombre joven, delgado, de piel blanca y cejas muy tupidas. El aire de familia que compartían era indiscutible. Don Eligio llevaba sombrero, el cuello del abrigo levantado y un cigarro en la boca. Sostenía entre las manos una Hasselblad. La foto había capturado su reflejo sobre el escaparate de una tienda de artículos fotográficos. Qué curioso, pensé, una *selfie* a la antigua.

—¿No vas a decir unas palabras? —pregunté.

—No, por ahora solo es cuestión de dejar aquí las cenizas. La ceremonia será dentro de tres meses, cuando la casa esté lista y vengan los invitados.

Fuimos a sentarnos en la otomana y nos pusimos a beber mientras hacíamos planes para la casa, para el futuro cercano. Zuri debía volver a Chicago para arreglar con su tía los documentos de la herencia, estudiar el funcionamiento de las cámaras que le había dejado su tío y practicar para empezar a trabajar con ellas. Mientras tanto, debía seguir con los encargos, cerrar algunos compromisos y comenzar a moverse en el medio, con la idea de montar la galería. La casa era el elemento más importante de todo su plan y dependía de mí.

La botella de Longrow tenía menos de la mitad cuando comenzamos a besarnos, tendidos en la otomana. Había algo distinto en él. Su tacto era contemplativo, sin el apremio del deseo que busca satisfacción inmediata. El cambio tuvo en mí el efecto contrario. Llenas de ansia, mis manos le desabrocharon el pantalón y busqué con la boca su sexo, bocado contraído y tierno que repasé como golosina para sentir los espasmos de la carne extendiéndose en sus blandos confines. Me alcé el vestido y me puse a horcajadas para que se saciara también mi otra boca empapada y hambrienta. Me colmaron el volumen y la rigidez, más profundo y más fuerte con cada frote, cada vez más intenso el ritmo. Cambiamos de postura un par de veces. Él se incorporó y se puso detrás de mí, las rodillas en el filo de la otomana, las manos en el alféizar, la corola del vestido alzada como amapola abierta al aguijón que arremete resuelto para detonar el latido violento de la sangre. Nos quedamos adormilados con su miembro dentro de mí y el reposo lánguido de su cuerpo sobre el mío. Alcancé la manta con la que había envuelto el tibor y nos cubrí con ella. Zuri se acomodó a mi lado y se dejó caer tan profundo que los temblores del sueño lo hacían estremecerse.

Cuando desperté, todavía no había despuntado la mañana. Zuri seguía dormido junto a mí. Cerré los ojos para guardar el momento y saborear la dicha. Tenía la cabeza despejada y escuchaba desde esa claridad el trinar de los primeros pájaros del día. Rato después me levanté y vi por la ventana: la gente que llevaba a sus perros al parque, que corría o que iba rumbo al trabajo. Era lunes, debía ir al instituto, pero no había prisa. La vaga aspiración de restaurar y habitar esa casa de pronto se había convertido en un plan concreto. Necesitaba café. Busqué mis pantaletas y me puse la cazadora de Zuri sobre el vestido, tomé mi bolsa y bajé. Dejé emparejadas la puerta de la calle y la reja. Miré una vez más la casa antes de darle la espalda para ir rumbo a la cafetería. Me sentí infatuada, hoja tierna llena de sol y de relente.

Pedí dos *lattes,* un bollo de coco y arándano para Zuri, una galleta de limón para mí, la que tenía la capa más gruesa de azúcar glas. Volví con los vasos en una charola de cartón y la bolsa del pan. Al entrar, me detuve en el recibidor. La luz clara resplandecía en los ventanales. Me senté en la escalera sin importar que se me ensuciara el vestido. Di un sorbo al café, todavía demasiado caliente. Trataba de ser realista, qué tan difícil sería, por dónde habría que comenzar. Por deshacernos del tilichero, eso estaba claro.

En el reverso de un volante de fumigaciones escribí una lista y el aproximado de las cuentas: el albañil, el material, el transporte del cascajo, el arquitecto, los permisos. Me imaginé de guantes y cubreboca, con una pañoleta en la cabeza moviendo los muebles, sacando la basura, limpiando. Tan solo pensar en hacer justicia al abandono era en sí algo satisfactorio. Tal vez podríamos poner un bazar y vender algunos cachivaches para compensar gastos o armar un lote y proponerlo a un anticuario. El repellado de los muros se podría arreglar por secciones, al igual que la pintura de interiores y exteriores, la carpintería, el jardín, los acabados y la decoración. Imaginé las fotografías de Zuri impresas en gran formato sobre las paredes blancas. Cocteles, recepciones, presentaciones de libros, fiestas, una oficina. Me emocionaba que Zuri por fin pudiera tomarse en serio su oficio y dar el salto, dedicarse de lleno a producir obra y que se olvidara de las agencias y los encargos que tanto lo agobiaban. Yo me conformaría con que me dejara ocupar una de las habitaciones del segundo piso para instalar un taller, una mesa alta, mis herramientas y mucho espacio libre. El plan era perfecto, oportuno para ambos en sentido práctico, conveniente para mí, en tanto que estaríamos cerca sin que se sintiera agobiado por la presión de los compromisos y las formas. Sabía que tendría que actuar con cautela, guardarme la vehemencia y ser profesional. Claro que haría falta un montón de dinero y de trabajo, sobre todo trabajo; habitar es apropiarse de un espacio con acciones reiteradas y amorosas. Pero qué va, si amor era lo que yo tenía de sobra.

Escucho el disparo, el recorte del tiempo en la luz. Siento el peso de su mirada tras la lente de la cámara. Toco la superficie lisa y fría del mármol al tomar las tres monedas chinas, de nuevo su peso en el hueco de mi mano. Bajo la mirada para evadir el reflejo. Vuelvo a agitarlas entre las palmas y arrojo las monedas por segunda vez. Tintineo y redondel. Se decide el juego de las probabilidades. Dos *yin* y un *yang*. Sobre la primera línea partida dibujo la segunda línea entera. *Yang:* arregla lo que fue dañado por la madre.

La mujer se arrellana en el suelo, bajo la mesa del comedor. Estira la tela de su falda para cubrirse las rodillas. Tiene el cabello enmarañado y chorros de pintura negra le atraviesan la cara. Justo a la mitad de la estancia, entre la sala, el comedor y la chimenea, se encuentra uno de sus zapatos de tacón: piel de ternera color *beige* con un adorno de pliegues muy finos en el empeine, al estilo de León, Guanajuato. Abandonado ahí, le parece un objeto muy lejano, inalcanzable, como si perteneciera ya a otro tiempo, sinécdoque de sí misma.

La mujer respira y trata de contener el llanto. Sus ojos saltones miran entre las patas de las sillas los pies de los dos hombres que se alejan hacia la puerta.

—Me fascina *Turandot,* no puedo creer que a estas alturas no la haya visto —dice uno, el que abre para dar paso al segundo. Puede ver sus sombras afiladas sobre el suelo del recibidor.

—¡Es bellísima! —responde el otro—. Lo mejor de todo es que trajeron a Wang Kun. Ya verás cómo se te enchina la piel cuando la oigas cantar *In questa reggia* —la voz reproduce la tonada—, *or son mill'anni e mille, un grido disperato risonò* —cierran la puerta—. *E quel grido, traverso stirpe e stirpe...*

Uno de los hombres cuelga una llave pequeña en la percha antes de salir. Se va alejando la voz que canta *enigmi sono tre, la morte è una...* y la casa se queda en silencio. Solo se oye un aleteo, la sombra de un aleteo contra los ventanales: una palomilla de San Juan se despedaza las alas tratando de salir a la luz.

Asesté las palmas en las piernas antes de levantarme para volver decidida al altillo. Zuri seguía durmiendo. Dejé los vasos y el pan sobre la tapa del baúl para ir a recostarme junto a él. Le acaricié el cabello y le besé la sien. Traje café y un bollo de los que te gustan, le dije. Él abrió los ojos y se desperezó. Parecía confundido, como si le diera vergüenza de pronto encontrarse ahí. Se sentó en la otomana y le puse el vaso entre las manos. Cuidado, todavía debe estar caliente. Dio un sorbo y se quedó largo rato con la mirada perdida en un punto fijo del suelo. Se talló la cara con las palmas.

Supongo que sigue en pie lo que acordamos ayer, ¿verdad? Volteó a mirarme como si apenas se diera cuenta del presente, de que estaba ahí con él, y dijo sí, claro, por favor, tú encárgate de todo. Sé que puedo confiar en ti. Toma —me entregó las llaves—, toda tuya. Solo te pido que seas muy cuidadosa con el material de fotografía. De ahí en fuera puedes hacer lo que quieras. Tira lo que tengas que tirar y vende lo que quieras vender. Supongo que tendrás que contratar gente. ¿Tienes idea de cuánto necesitas para empezar? Le entregué el volante con los cálculos que había hecho y dijo muy bien, puedes empezar cuando quieras, yo te deposito cuando se resuelvan las cosas allá.

Terminó de vestirse, se empinó el café, dio una mordida al bollo y tomó sus cosas. Bajamos juntos. Viajaría a Chicago el sábado siguiente, era probable que ya no nos viéramos en un tiempo, dos semanas o tres. Al llegar al final de la escalera lo abracé y le dije que lo quería, que le agradecía la oportunidad de hacer aquello juntos. Me dio un beso ligero, con sabor a despedida y a café. Se detuvo en la puerta y se dio la vuelta: algo importante, dijo. No vayas a abrir la puerta del cuartucho que hay en la parte de atrás de la casa. La llave está colgada ahí, en la percha, pero por ningún motivo entres ahí, por favor. Son cosas de mi tío, algo podría arruinarse, ¿de acuerdo? Asentí y le dije que perdiera cuidado, si me decía que no debía abrir esa puerta, no la abriría y punto. Zuri sonrió por última vez y se dirigió hacia la calle. Yo me quedé en el umbral. Me senté en el primer escalón y lo vi alejarse al tiempo que se recostaba sobre mi espalda el abrazo umbrío de la casa. Me sofocaba el regocijo de tenerlo todo. Sentía los picos metálicos de las llaves en la palma. No quería abrir el puño y mirar. Dicen que el sueño se rompe cuando uno se mira las manos.

«La arquitectura neocolonial es una farsa, un pastiche, y si me agarran de malas les diré que hasta una verdadera traición —decía en clase de Rescate de Inmuebles la doctora Juaresantana—. Recordarán, los que sí asistieron a la primaria, que los años posteriores a la Revolución hubo todo un afán por parte de políticos e intelectuales por rescatar lo nacional, aunque para esas alturas ya nadie tenía idea de qué rayos era lo nacional. Que si el huitlacoche, que si los huipiles de las tehuanas, las coreografías de los bailes regionales, las horrendas y estruendosas trompetas en el mariachi y, por supuesto, esa aberración llamada "neocolonial californiano"». La primera diapositiva mostró una de las casonas de Polanco. La doctora Emilia Juárez Santillana se había ganado el mote que sus alumnos enunciábamos en una sola palabra, Juaresantana, gracias a que en sus clases solía ponernos frente a paradojas que dejaba sin resolver. Durante hora y media nos convencía de que Porfirio Díaz había sido un verdadero héroe del urbanismo, para luego desbancarlo de una sola puñalada: «Claro que su buen gusto para la arquitectura afrancesada no le quita haber sido un maldito clasista, un dictador de mierda, y los desastres sociourbanísticos que hubo como consecuencia fueron tal y tal y tal». Sabía de su mote y, aunque le disgustaba el Santana, no se daba por ofendida: «Voy a hacer de cuenta que lo dicen por el guitarrista».

«Durante su mandato —seguía diciendo—, por ahí de los años veinte, Carranza decretó una exención de impuestos para las construcciones que hicieran uso de elementos de identidad nacional, entiéndase: cantera, teja, azulejo, balcones y nichos. Como podrán ver —proyectó la foto del Palacio Nacional—, en los edificios públicos no nos fue tan mal; en buena medida es gracias a esto que los turistas vienen a México y se admiran de la mentada Ciudad de los Palacios, aunque las fachadas estén más torcidas que un totopo. Las residencias son otro cantar. Para empezar, que se construyeran exuberancias como esta —mostró otra casona de Lomas de Chapultepec—, en un momento en que al país se lo estaba llevando el carajo, es muestra inequívoca de que empezamos con el pie izquierdo, con tanta o más desigualdad que ahora.

»Otra cosa importante: acuérdense de que el funcionalismo empezaba a ponerse de moda, la novedad de una casa con los servicios incorporados, en la que uno no tenía que salir a la letrina ni a los lavaderos o prender el fogón. Así que para complacer a los *socialités* de ese tiempo, a la vez que enaltecían lo dizque nacional para entrar en la exención de impuestos, los arquitectos, nada tontos, se trajeron de Hollywood la moda de las mansiones a la española, la aderezaron con ornamentos barrocos y otras florituras, que para eso los mexicanos nos pintamos solos, y *voilà:* neocolonial californiano. Fue como si la casta española volviera a conquistarnos, pero interpretada por los gringos, con los ornamentos del catoliquísimo barroco y la lisura modular del *art déco,* nomás por no dejar —exageraba el tono irónico.

»Los interiores, casi siempre sobrios, son como un set de película de Pedro Infante: escaleras con balaustrada, muchos niveles, muchos balcones, muchos tragaluces, muebles de madera torneada y salones altos en los que en cualquier momento podía aparecerse Sara García. En fin, lo que se dice un Frankenstein al que, no obstante, el paso del tiempo ha ido dando legitimidad. Feas por su abigarramiento y lo que quieran, pero son las últimas casonas que marcaron una época, que defienden el paisaje urbano contra las mansiones de los políticos, los bodrios de Santa Fe, los multifamiliares y las favelas del Infonavit».

Luego de otras veinte imágenes y de una ronda de preguntas y respuestas, la doctora Juaresantana remató su clase: «El neocolonial californiano es buen ejemplo de los límites de nuestro trabajo, muchachos: ¿acaso por tratarse de un pastiche que narra el autogol del nacionalismo y nuestra crisis de identidad vamos a arrasar con estas construcciones, como están haciendo en el barrio de Tequisquiapan, en San Luis? No, señor, a nosotros no nos toca juzgar la legitimidad de la historia, nos toca conservarla y restaurarla».

Estaba todavía sentada en el escalón, en el umbral de la casa, cuando noté el sonido del arrastre de una escoba de vara en la tierra. Primero fue un arrullo lejano, casi imperceptible, pero paulatinamente fue haciéndose más próximo y más claro. No podía provenir de afuera, no había nadie barriendo la calle, era claro que el sonido venía de la parte trasera, del jardín. Me levanté y fui por el camino de ronda hasta dar con el enredo de madreselvas y yerbas crecidas al garete sobre el pretil y sobre los muros. Una anciana de rebozo jaspeado, delantal bordado de flores y trenzas blancas atadas a la espalda con un listón era quien barría. La saludé, pero no me escuchó a la primera y tuve que acercarme. Levantó la vista, alzó la mano en un gesto sereno. Le dije a modo de disculpa que no sabía que alguien cuidara la casa. Ella siguió callada, barriendo. Le expliqué que me habían contratado para hacer la restauración, pero tampoco respondió. Le pregunté si era de la familia, si vivía ahí, si no le resultaba inoportuno que llegara yo con mi encomienda, si mi presencia no iba a interferir con sus tareas.

—Está bien, hija, está bien, entiendo —respondió al fin—. Yo nomás vengo aquí muy de vez en cuando a dar una pasada, cuando se puede.

—Pues qué bueno que me tocó conocerla. ¿Cómo se llama usted?

—Soy Oralia.

—¿Conoció usted a la familia que vivía aquí?

—Trabajé para ellos desde que tenía dieciséis años, imagínate. Y lo que ha costado mantener la casa en pie...

—Bueno, pues ahora ya va a tener quien le ayude, doña Oralia.

Me agaché para levantar el montón de hojas entre dos láminas de cartón y echarlas al bote.

—Deja eso, niña, te vas a ensuciar el vestido.

—Más sucio ya no puede estar, no se apure —le contesté y seguí levantando las hojas.

—Por cierto —dijo apoyándose en la escoba—, la luz está detrás de la puerta.

—¿Cómo dice?

—Que sí hay luz, nomás hay que subir la palanquita que está detrás de la puerta —dijo y siguió barriendo hacia el camino de ronda. Le di las gracias. Me preguntaba si sabría que don Eligio había fallecido, pero no quise entrometerme.

Terminé de levantar el montón de hojas, y cuando me di cuenta ya no se oía el arrastre de la escoba. Oralia se había ido. Entré a la casa y busqué el interruptor general donde ella me había dicho. La caja parecía estar en buen estado. Solo por probar, accioné las palancas y me respondió el ronroneo lejano de la bomba. Me di con la palma en la frente por no haberlo intentado antes, aunque era un verdadero alivio, un asunto menos que resolver. Bajé los interruptores y la casa volvió a quedarse en silencio. Salí, cerré la puerta, cerré la reja y me eché a andar rumbo a la avenida con la cabeza borboteando querencias y planes.

# DOS
# LA QUIMERA

P ara la segunda fotografía me pides que me pare desnuda frente a la ventana. Tu voz suena ligeramente más grave. Me rehúso a volver la mirada por temor a encontrarme con alguien distinto, pero te acercas y una de las lámparas te ilumina el rostro. Busco entre las sombras. Siento que alguien más mira, aunque no hay nadie en el altillo además de nosotros. Tomas el libro de tapas rojas y me muestras el signo de la portada, un ideograma formado por dos líneas abiertas como las patas de una A, una línea horizontal que atraviesa el conjunto por el centro como brazos de una estrella pitagórica y una tilde en lo alto. Me pides que empañe el vidrio para trazar el signo con el índice sobre el cristal.

Ensayo varias veces la figura sobre la palma. Me esfuerzo por sacudirme el pudor al tiempo que abandono el frágil abrigo de la muselina blanca. Me quito también la pantaleta y voy hacia la ventana. Te veo clavar el ojo en el visor de la cámara para estudiar la toma. Mientras tanto, la piel se me eriza de frío, puedo ver las cumbres hirsutas, mis pezones duros y apretados como una cresta dorada de pan. Siento un leve temblor en el centro del cuerpo. Te demoras en cambiar el rollo, en ajustar las lámparas y los antirreflectores. No debe ser fácil tomar una foto frente a una ventana con la oscuridad de fondo. Me doy la vuelta y recargo las nalgas desnudas en el alféizar. Trato de abrigarme el pecho con los brazos.

—¿De qué se trata la novela? —te pregunto para no pensar en el frío, para llamar tu atención.

—¿Cuál novela?

—Esta, la de las fotos.

—Es... —vas a la mesa por el fotómetro y lo acercas al perímetro de la luz, lees las cifras, alejas más una de las lámparas—. No es que trate de algo en específico.

—¿Cómo?

—Es como si varias imágenes se empalmaran en un mismo instante, pero en realidad no sucede nada.

—¿Cómo puede no suceder nada? Es una novela.

—O sea, sí ocurren cosas, pero de forma hipotética, como variaciones en torno a una sola imagen, y lo que estamos representando acá son esas variaciones...

Me haces una seña de que estás listo, me doy la media vuelta y empaño el vidrio con mi aliento.

—Digamos que es algo así como una interpretación gráfica de la factualidad de la novela —dices con el índice suspendido sobre el obturador.

—¿Cómo que de la factualidad, si se supone que no sucede nada?

Trazo el ideograma sobre la mancha opaca. Arrastro la yema del índice sobre la superficie húmeda para dibujar los tres trazos más la línea horizontal: las cinco puntas de una estrella. Escucho tu respiración pausada a mis espaldas, el chasquido del obturador. En la fotografía aparecerá la línea de mi espalda recortada contra el cristal de la ventana oscurecida por la noche. Las ramas del tulipanero sumergen sus flores en el cielo espeso de la madrugada. Mi cara y mis pechos se reflejan en el vidrio. Imagino a alguien oculto allá abajo, viéndome entre la maleza, alguien que desde la calle mira a una mujer desnuda, apoyada en el alféizar, dibujando un ideograma chino en el cristal empañado, aunque llueve y me parece difícil que con este clima, a esta hora, haya alguien caminando allá afuera.

—¿Te acuerdas de la fotografía que estaba en el baúl?

—¿La del hombre que está siendo despedazado?

—Ajá.

—¿No vas a cortarme en pedacitos, verdad?

—No digas estupideces, Min, por supuesto que será una representación. Un fotomontaje, con efectos y sangre de utilería.

—Uy, ya me estoy volviendo a poner nerviosa.

—Espera. Necesito una serie más...

De pronto, la puerta se abre de golpe con una ráfaga, azota contra el muro y yo volteo contrahecha, cubriéndome los pechos y el pubis con cara de vergüenza y pasmo.

Las monedas caen del mismo lado, tres *yang* es igual a *yang,* nueve en tercer lugar. Dibujo una línea entera sobre las dos anteriores: se presentan ciertas discordias y una ligera causa de remordimiento.

La primera habitación estaba ordenada y en calma, suspendida en el silencio. Aunque los muebles eran los de una recámara de matrimonio, primaba un gusto femenino: el tocador junto a la entrada, la cama con dosel hacia el poniente, dos burós a cada lado con sendas lámparas de pantalla de seda, un espejo de cuerpo entero en el rincón del fondo y dos sillones junto al ventanal que daba al balcón. La alfombra color palo de rosa apagaba el sonido de mis pasos. Gruesas borlas de polvo lanudo se habían acumulado en los rincones, entre la bisutería, sobre el raso de las almohadas y al pie de las cortinas a juego con la alfombra y el papel tapiz floreado, entre las botellitas de perfume y los frascos de crema alineados frente al espejo del tocador, sobre el alhajero de laca michoacana, entre los cepillos, los tubos y las horquillas, en la canasta de prendedores y peinetas y brochitas de maquillaje, sobre los estuches de sombras y los labiales carmín, sobre la caja de jaboncitos Maja con su altiva flamenca dibujada en la contratapa, y la talquera nácar y el rosario, y la cajetilla abierta de cigarros Parisienne que tenía dentro un encendedor de metal con diseño de flores.

En la esquina del tocador había un gastado monedero de bolillos de metal lleno de billetes y monedas antiguos, un boleto de autotransporte, una llave y pastillas de menta. El alhajero estaba repleto de perlas y brillantes falsos que daban forma a elaborados diseños de época. Tomé un enorme arete de piedras tornasol apiñadas en racimo, pesado y horrendo. Se sujetaba del lóbulo con un broche de presión que, al ponérmelo, me produjo una dolorosa palpitación en la oreja. Me lo quité de inmediato. Abrí el estuche de sombras con forma de cola de pavorreal: cada pluma, una pastilla de un color distinto. Tallé la punta del dedo sobre el rosa, me apliqué el color iridiscente sobre los pómulos y me nació la risa de cuando jugaba a escondidas con las cosas de mi madre. Recordé sus manos bruscas restregándome la cara en el chorro de agua. Los perfumes ya olían rancio, pero la manteca bermellón de los labiales era todavía muy suave.

Era evidente que la habitación había quedado intacta desde el momento en que cerraron la puerta, mientras el tiempo seguía transcurriendo para el polvo y para la materia que se deterioraba en el lento palpitar de sus partículas. Lo natural hubiera sido que los objetos se dispersaran por el mundo, que los vestidos poco a poco salieran libres a buscar suerte, que se regalaran o heredaran los abrigos, que los zapatos de tacón alto fueran cediendo lugar a calzado más sobrio y cómodo, mocasines de señora mayor, pantuflas. Si el motivo del abandono hubiera sido una enfermedad, existirían incluso borradas las huellas de la convalecencia. Sin embargo, los remedios no alcanzaron a ocupar el lugar de los perfumes ni la cama daba señal alguna de postración. Era como si un día cualquiera la dueña de esta habitación hubiera salido de la casa y se hubiera echado a andar sin detenerse hasta desaparecer; sin monedero, sin bolso, sin maleta, sin ropa de viaje, sin neceser. Como si alguien, al cerrar aquella puerta, cerrara de golpe también su existencia. El clóset corría a todo lo ancho del muro frente a la cama. Guardaba un aroma intenso y muy humano que se mezclaba con el olor a cuero y humedad. Los zapatos naufragaban en un mar de pelusa que la ropa había soltado sobre ellos de forma paulatina como escamas de piel. En sendas bolsas de plástico languidecían los vestidos de telas estampadas en rojo, naranja y café, verde aguacate y negro, ocre, chedrón, verde lima. Algunos tendían a la sicodelia, otros eran más elegantes y conservadores, cortes tipo Chanel de telas gruesas y sin estampado, pero con una textura sólida que el tiempo no había dañado en absoluto. La tercera parte de la ristra estaba ocupada por abrigos de diferentes pieles, no hubiera sabido nombrar la presa de la que formaron parte, pero algunas conservaban la cola o la cabeza disecada. Con todo y el horror, mis manos no se resistieron al tacto y descolgué el primero. Sentí su peso animal sobre los hombros, abrazo lánguido, tacto de aire en la nuca, olor a tegumento y restos de un perfume y de un cuerpo muy lejanos. En los compartimentos del clóset había toda clase de espléndidos accesorios, gafas para el sol, mascadas, guantes, sombreros, tocados con velo, carteras para combinar con los zapatos. Necesitaba cubrirme la cabeza para que el pelo no se me llenara de polvo. Elegí entre las sedas una modesta pañoleta de vaquero que estaba en el compartimento superior. Acerqué el taburete y tiré de ella, pero una de sus puntas estaba atorada. Al meter la mano descubrí que la punta estaba atorada en la ranura del mueble, lo que delataba la movilidad de la pieza. El sistema de la trampilla era muy simple: presionar y soltar. Hice a un lado las bufandas y los guantes apilados con descuido y fue así como descubrí el fondo falso que ocultaba la caja fuerte. Accioné la manija solo para comprobar que estaba asegurada. Supuse que los parientes de Zuri le darían la combinación, pero me causaba una curiosidad enorme ver lo que había dentro. Quizá yo misma podía dar con la clave y, si lo lograba, contarle del hallazgo y mostrárselo intacto como prueba de integridad.

Tomé la pañoleta y volví a poner las cosas en su sitio. Pasé revista a los vestidos. Eran más o menos de mi talla, aunque me sorprendió lo acentuado de la cintura, como si las mujeres de antes tuvieran una forma distinta, cortadas al molde de las fajas color carne y los petos de liguero que se fabricaban entonces; había un cajón repleto de ellos. Me miré en el espejo presentando frente a mí un vestido negro y otro color lima y un traje Chanel con hombreras de esponja. Me desnudé frente al espejo divertida con el juego de ser otra. Aventé mi ropa a la cama y me probé el primero.

La mujer se estiró las medias hasta el muslo y atoró la orilla en los broches. El fondo de nailon que acababa de quitarse escurrió por el borde del colchón y cayó sobre la falda de cuadros sesgados y el suéter café arrebujados en el suelo. Se puso un juego de falda recta color crema y blusa de organza, pero el conjunto no tenía contrastes, era como una cucharada de merengue. Se puso la falda negra de pliegues y pensó que ese largo no le favorecía, hacía que se le vieran cortas las piernas cortas. Probó con un vestido de flores, pero era demasiado sencillo, los invitados eran gente culta, sofisticada, no quería parecer una mujer pueblerina, una simple ama de casa. Probó con un traje sastre, pero se sintió acalorada solo de sentir sobre el cuerpo la tela de lana. Se probó un vestido de noche, pero el brillo del bordado de cuentas le pareció exagerado para una cena en su propia casa. Volvió a la blusa de organza, esta vez con los botones desabrochados en el escote, una falda lápiz color negro y zapatos negros de tacón alto. Le sonrió a su propio reflejo. El conjunto era discreto, pero marcaba la figura que tanto le había costado recuperar después del parto de las gemelas. Fue hasta el tocador y se levantó el tupé, lo sujetó con varias horquillas, rectificó el envoltorio tras la nuca y volvió a aplicarse perfume en las muñecas y en el cuello. Por último, el toque bermejo en los labios. Cuando sonó el timbre, la mujer estaba en la cocina, todavía en fachas, con aquella falda de cuadros sesgados y su viejo suéter café, con las mangas subidas hasta el antebrazo como colegiala; para colmo, llevaba el delantal más feo y más sucio, quemado de una orilla. Le gritó a Oralia para que abriera, pero no estaba segura de que la hubiera oído porque debía estar terminando de acostar a las niñas. De nuevo sonó el timbre. Se acercó al comedor para volver a llamar a Oralia o que Eligio, que se había encerrado en la biblioteca, se diera cuenta de que estaban ocupadas e hiciera favor de abrir. La crema de espárragos levó hasta el borde y ella corrió, cuchara en mano, a seguir revolviendo para que la espuma del hervor mantuviera su nivel. Era muy temprano, los invitados no debían llegar sino hasta dentro de media hora, pero el timbre había sonado. La crema no acababa de espesar y ella todavía tenía que subir a cambiarse. De pronto una figura ensombreció el umbral de la ventana y rechinó el resorte de la puerta mosquitero.

—¡Pasó usted! Qué pena, disculpe, tengo las manos ocupadas y esta niña que nomás no baja... ¡Oralia...!

El hombre se acercó sonriente, bien peinado, con una botella de vino en una mano y la otra metida en el bolsillo. Llevaba en la solapa un pañuelo blanco.

—¡Huele delicioso aquí! ¿Qué es lo que vamos a cenar? —su voz era ligeramente gangosa.

—Preparé un lomo mechado con salsa de ciruela y ensalada rusa —ella no dejaba de mover la cuchara dentro de la espuma blanca—. De primer tiempo hay ravioles de camarón y crema de espárragos. Ah, y pastel de chocolate para el postre.

—¡Gató-chocolá! ¡Qué delicia!

—¿Cómo dice?

—Perdón, *gâteau au chocolat* —pronunció con mayor corrección.

—Ah, sí, *gâteau*...

—Oh, *parlez-vous...*?

—No, por supuesto que no. Aprendí tres palabras en el colegio solamente.

—Pues da la casualidad de que el gató-chocolá es mi

postre favorito... y acompañado con una salsa de zarzamoras maduras...

—¡Oh!, no sabía que se podía acompañar con zarzamoras. Qué combinación tan inusual.

—¡Tienes que probarla, querida! *C'est une exquisité* —se inclinó sobre la olla y aspiró el vapor—. ¿Puedo?

Ella, al ver que el hombre seguía con la mano metida en el bolsillo, sacó la cuchara de palo y sopló en el cuenco. La gota de crema se extendió entre vapores. Luego, con pulso vacilante la puso ante su boca y le dio a probar. Al hombre se le iluminó el rostro.

—A ver qué le parece el lomo mechado, es una receta de mi familia —apagó el fuego a la olla y abrió la puerta del horno para supervisar la cocción.

—Sinceramente, prefiero los ravioles. El lomo no me gusta, es muy seco, no sé, *très épicé*... A propósito, traje un vino. Debe ser bueno, porque estaba en la reserva de mi padre —rio como niño que acabara de hacer una travesura. Ella le entregó el sacacorchos y fue al trinchador por una copa.

Cuando volvió con la copa él ya había destapado la botella y sacaba el corcho del tirabuzón. Sirvió un poco de vino, lo hizo girar entre las paredes del globo y metió la nariz en la boca de cristal, un gesto que a ella le pareció grotesco y desconcertante; ¿en lugar de acercar los labios, meter de ese modo franco las fosas nasales? Pareció satisfecho. En seguida se la ofreció.

—Dicen que es de buena suerte que el primer brindis sea en la cocina.

Ella aceptó la copa y la chocó contra la botella que él alzó con gesto ceremonioso. Besó el filo, mientras él la miraba atento. Rieron. Ella saboreó el líquido con sorpresa y le pareció que jamás había probado un vino tan bueno. Le pasó la copa y él también dio un sorbo.

—Nada mal —dijo él.

—Qué va, ¡si es una maravilla! Pero ¿esto se puede conseguir acá? —preguntó con la chispa que acababa de encenderle el rostro.

—Lo dudo, querida. Los vinos que tiene mi padre son de importación. Este *bordeaux* es del 45, debe valer una fortuna. Pero hagamos algo —volvió a ensartar el corcho—. Los franceses acostumbran beber mientras están cocinando, a la mejor de ahí viene su *bon goût,* yo voy a dejar esta botella aquí, bien escondida —la puso en el hueco junto al refrigerador—, donde solo tú y yo sabemos que está, y con tu permiso iré a servirme una ginebra porque, la verdad, necesito algo más fuerte. Eligio estará en la biblioteca, supongo...

Oralia apareció cuando el hombre se disponía a ir hacia la sala, donde aguardaba el carrito de servicio dispuesto con licores, vasos, hielos, agua tónica. Ella escondió la copa en el mismo lugar donde estaba la botella y dio instrucciones para que la joven se hiciera cargo de los últimos detalles de la cena: sacar el lomo en diez minutos, poner a gratinar los ravioles, pasar la ensalada rusa a una fuente de vidrio y la crema de espárragos a la sopera. Luego, entró a la alacena y se puso a buscar. Tenía la vaga idea de haber visto, al fondo de alguno de los entrepaños, un olvidado frasco de mermelada de zarzamora.

Las monedas señalan que la cuarta línea es *yang:* el pasado empieza a manifestarse y el individuo, en lugar de tomar medidas, permite que la decadencia siga su curso.

V olví a la casa la mañana siguiente y ya le pertenecía nomás de tanto pensar en ella, de tanto imaginarla lozana y renovada. Atravesé en diagonal el parque y desde que subía por la rampa pude distinguir el tejado entre las hojas de los árboles. Era junio, no hacía frío, si acaso el fresco que rezumaba la vegetación porque había llovido la noche anterior y el suelo estaba mojado, las banquetas teñidas de verde, cargados de relente los arbustos. Me recorría por dentro una cosquilla de responsabilidad semejante a la que sentí cuando por primera vez mi madre me mandó al mercado sola, con la bolsa, el dinero y la lista. Por primera vez debía restaurar por mi cuenta un inmueble. Crucé la calle, abrí la reja, subí los tres escalones e introduje la llave en la puerta de la entrada. Estaba por abrir cuando me di cuenta de que alguien me miraba. Desde la ventanilla de una camioneta estacionada en la esquina, un muchacho observaba mis movimientos atento y curioso. Su rostro me pareció conocido. También la camioneta. Dejé en el suelo la bolsa de las provisiones y fui hacia él.

El muchacho era moreno y delgado, aunque de cara redonda. Su camioneta, una vieja Ford de un rojo ya muy opaco, llevaba en la caja una estructura de metal con forma de casa de dos aguas, cubierta con una lona azul en la cual se leía con grandes letras «Fletes y mudanzas Gutiérrez», el número de teléfono y una leyenda de «Expertos en objetos frágiles». Me era familiar. Solía verla estacionada a la vuelta del instituto y me recordaba la de Máicol, el cargador de confianza de mi papá, que mandó rotular la suya con la leyenda «Mudanzas a domicilio». La gente se burlaba de él, pero al final el chiste resultó ser un buen gancho publicitario, le fue tan bien que puso su empresa y dejamos de verlo. Me acerqué a la ventanilla. Él bajó el volumen del noticiero y nos dimos los buenos días.

—Tú eres el que se estaciona frente a la iglesia, ¿verdad? —lo reconocí por su cachucha de los Raiders, la del pirata con dos sables cruzados tras la cabeza.

—Así es, ¿le puedo ayudar en algo? —quitó las llaves de la ignición y bajó de la camioneta.

—Vamos a estar trabajando en la casa —dije en plural defensivo, por si las dudas, y señalé con el pulgar a mis espaldas—, creo que voy a necesitar que me ayudes con algunos viajes en tu camioneta.

—Claro que sí, usted nomás me dice —miró la fachada sobre mi hombro.

—Gracias, voy a anotar tu número. Te llamo, tal vez mañana, o te busco por aquí. Vamos a sacar un montón de basura y cascajo, tendremos que acarrear material...

—Lo que necesite, aquí estamos.

—¿Cómo te llamas?

—Mario.

—Bueno, Mario, voy a poner a trabajar a la gente, pero estamos en contacto —dije como si de verdad fuera maestra de obra y tuviera personal a mi cargo.

Registré el número y me despedí. Me pareció de fiar, después de todo había cierta familiaridad entre la gente de un mismo barrio.

Entré por fin a la casa y empecé por clasificar lo que se iría a la basura; primero la planta de abajo, del recibidor hacia la cocina. Abrí el armario y empecé a sacar cajas llenas de zapatos viejos, montones de periódicos, revistas, historietas. Aparté estas últimas para venderlas como colección, eché en bolsas todo lo demás y lo fui llevando al camino de ronda, junto a la entrada. Saqué también una silla rota, un veliz sin ruedas, bolsas llenas de trapos, bolsas llenas de bolsas. Encontré algunas herramientas y una aspiradora tipo Robotina. La abrí, limpié el saco y la conecté. El motor funcionaba a la perfección. Probé la fuerza de absorción en la palma de la mano y empecé a aspirar desde la entrada. A partir de ese momento, la Robotina me siguió como perro fiel por todos los rincones de la casa tragándose el polvo, dejando a nuestro paso un tiempo nuevo.

A un lado del armario había un medio baño, tan oportuno en esas ocasiones en que uno llega con prisa. Levanté la tapa del escusado. La taza tenía tanto sarro que parecía que la mierda se hubiera embarrado en las paredes. Abrí la llave de paso y esperé a que el agua llenara el tanque. Tiré de la palanca y vi con una mezcla de alegría y alivio que el agua hacía un remolino, gurgureaba y se iba. Con una buena dosis de ácido hidroclorhídrico quedaría resuelta una de las necesidades primordiales. Desatornillé el asiento y lo tiré. Ese sí había que reemplazarlo por uno nuevo.

Junto a la entrada, al pie del pretil, se habían acumulado ya varias cajas y bolsas a la espera del camión de la basura. Tendría que darles una buena propina y convencerlos de que se llevaran todo. Vertí sobre la porcelana del escusado la mitad de la botella de líquido limpiador y otro tanto en la tarja del lavamanos, con sus clásicos grifos de remates redondos y gota de vidrio perlado en el centro, con una C del lado izquierdo y una F del derecho en orlada tipografía. El céspol era muy viejo, sus coyunturas estaban unidas con sucias postillas de cera de Campeche, tal vez habría que cambiar toda la tubería y quitar el repellado que se caía de humedad. El salitre se abombaba en grandes burbujas rotas de un horrendo color mamey como piel chamuscada. Eché a la basura el viejo escobillón, el asqueroso destapacaños y otros trastos viejos. Pasé la aspiradora por el suelo y me seguí con la parte de afuera hasta el escalón que baja a la sala. Me sentí agotada y todavía no había pasado del recibidor. Necesitaba ánimos, necesitaba música. Fui hacia la sala y enchufé el cable de la consola. Busqué en el tablero las letras de *on/off,* accioné la palanca miniatura y el aparato volvió a la vida con un quejido eléctrico como de Frankenstein resurgiendo de la muerte. Levanté la tapa y probé con los botones hasta dar con el que hacía girar el plato del tocadiscos. Tomé al azar uno de los acetatos. El fondo de la portada era rojo profundo y en primer plano una mujer intensamente rubia, de labios rojísimos y vestido del mismo color que parecía fundirse con el fondo: Peggy Lee. No la conocía, pero parecía simpática. Saqué el disco de la funda, lo encajé en el bastón y lo puse a girar a treinta y tres revoluciones por minuto. Coloqué el brazo con la aguja encima de una de las rayas y sucedió la magia. Moviendo la cadera al ritmo de *He's a tramp, but I love him…* como la perrita gris despelucada de *La dama y el vagabundo,* seguí hacia la sala. En el suelo, a mitad de la estancia, había olvidado un zapato de mujer: ternera *beige,* tacón del seis, recamado en filigranas de cuero. ¿Cómo es que no lo vi antes?

En torno a la mesa del comedor había ocho sillas de encino con talla de flores en la corona del respaldo. Su delicado barniz era suma del tiempo, el uso y la huella de los cuerpos que apoyaron su peso en la benévola madera. Un lienzo de algodón humedecido en cera bastó para quitarles de encima el polvo y mantener intacta su cálida opacidad. El amplio rectángulo de la mesa estaba cubierto por un mantel de organza que simulaba un tosco bordado en punto de cruz. Sobre el mantel, en lugar de fuentes y platos rebosantes de comida había toda clase de objetos absurdos, cajas abiertas donde se agrupaban en desorden trastos que tal vez alguien pensó tirar. Abandonados sobre la mesa se encontraban los objetos más dispares: un rollo de cable, un martillo, un librito azul del Nuevo Testamento, un calcetín, un puñado de pinzas de madera para la ropa, un aspersor vacío, una llave perica, cerillos, un foco incandescente Osram de sesenta *watts* con la resistencia rota, tres huesos de durazno, una bola de billar. Otros objetos debieron ser puestos con más intención, como la dulcera de vidrio, en cuyo fondo había toda clase de cosas pequeñas: monedas, tachuelas, llaves, clips, horquillas, botones y alfileres; como el candelabro de latón y el frutero de cristal prensado lleno de fruta falsa: una naranja de plástico, hueca como pelota, mal pintada; una manzana verde con rebabas, un plátano, una rebanada de sandía y un racimo de uvas de goma que se desprendían del tallo con facilidad. Esas uvas que de niña tanto me gustaba robar del frutero de casa de mi abuela para repasarlas en la boca hasta quedarme sin saliva. Una copa coñaquera reposaba en la esquina, junto a la cabecera; el líquido se había evaporado formando una melcocha ámbar que al mezclarse con el polvo parecía una de esas gotas de resina que guardan fragmentos microscópicos de memoria. Era extraño que durante no sé cuánto tiempo se hubiera quedado ahí, tan en el filo, sin que alguien la llevara al fregadero o la rompiera al pasar.

El trinchador de madera laqueada estilo Bauhaus estaba bajo la ventana que daba a la cochera y al muro colindante de la construcción vecina. Tras las puertas lucían los cubiertos de plata, la vajilla especial, las soperas y fuentes de porcelana, las licoreras y los platones. En el muro de la izquierda colgaba un gran bodegón al óleo pintado en *trompe-l'oeil* que mostraba, ahí sí, una mesa repleta de comida: queso rebanado, pan, higos, limones rugosos, una mandarina desgajada con la cáscara en derredor y un melón con las tripas dulcísimas escurriendo por fuera, un pescado abierto en canal. El pintor tuvo el cuidado de simular con apenas unos cuantos trazos blancos la jarra de vidrio y el efecto líquido del agua, así como el *sfumato* casi imperceptible de la bocanada de vapor que manaba del pan recién partido. Solo si se prestaba mucha atención podía verse una mosca sobrevolar el vientre del pescado; se confundía con la oscuridad del fondo. Una damajuana, un racimo de peonías estrujadas y tres perdices muertas completaban el cuadro. Lo curioso, lo muy incómodo era que el marco estuviera desnivelado, como si alguien lo hubiera golpeado de manera accidental y hubiera quedado así, a veinticinco grados de la horizontal del suelo. Parecía que los frutos y platones fueran a salir rodando de la pintura. Por supuesto, no resistí la tentación de acercarme y corregir la chuecura.

Había, junto a la entrada a la cocina, un cristalero de vidrios biselados atiborrado de adornos y miniaturas. En la casa de mi abuela estaba estrictamente prohibido abrir el cristalero. Únicamente ella podía disponer el orden y decidir los elementos que pasaban a formar parte de la apeñuscada memorabilia familiar. Sin embargo, yo sabía que la llave estaba escondida en la parte de arriba, detrás de la cornisa, así que cuando no había nadie arrimaba una silla, y sobre la silla un banco, para alcanzar la llave y abrir, con el único fin de aspirar ese aire quieto, imperturbable. De niña lo hacía por pura curiosidad, ganas de meter las narices donde no debía, en el más literal de los sentidos. Extendía el rollito de pergamino que era la invitación de boda de mis padres; sus copas estaban intactas, emplayadas todavía en una base de macocel. Hacía gesto de tomar el té en las tacitas de porcelana china que nunca nadie utilizó y jugaba con los muñequitos de cerámica. Con el tiempo, no obstante, el cristalero empezó a convertirse en una suerte de reproche. Me ponía en la cabeza la corona de rosas que había llevado mi prima Sonia en su primera comunión; mis padres eran sectarios, yo jamás llevaría una de esas. Luego llegó el diploma que le dieron a Lidia por estar en el cuadro de honor, los recuerdos de los quince años de mis ocho primas y sus fotos de estudio con maquillaje y peinado profesional. Mientras tanto, yo trataba de contribuir con lo que hacía: una jarrita de cerámica que había horneado y pintado en un taller de la Casa de la Cultura, un cisne de vidrio con la cabeza ladeada de manera extraña, un juego de desarmadores de apariencia real pero en miniatura; se los había regalado a mi abuela porque me parecieron la cosa más asombrosa y linda. Era difícil que mi cofre de marquetería con incrustaciones de concha nácar compitiera con las arras de Sonia o los angelitos de migajón que regaló Lidia en el bautizo de su primer hijo, pero el combate hubiera sido al menos un poco menos injusto de no ser por la intervención de mi madre. Sabía que era ella quien extraía de manera furtiva mis aportaciones. Cuando le reclamé la desaparición de una de mis primeras libretas encuadernada en cuero con grabado de troquel, dijo que esas cosas no iban en el cristalero; se la había regalado a Mily, la segunda hija de Lidia, para que hiciera sus dibujos. La colección de postales que había mandado mi tío Luis de sus viajes por el mundo remató mi desfalco. El cisne había desaparecido, la jarrita se rompió una vez que fueron a tomar el té las amigas de mi madre, las mismas que no se cansaban de preguntarme que si tenía novio y que yo para cuándo. Al final, lo único que quedaba de mí en el cristalero era un ramito seco de jazmines que mi abuela guardaba en honor a mi nombre y que impregnaba con su aroma todo lo demás.

El disco se terminó. La consola sostuvo un zumbido eléctrico que luego de unos segundos también se apagó. Abrí con insolencia la puerta de la vitrina. No quería imaginarme sus historias y pugnas. Su olor a perfume rancio me decepcionó. Nunca sabré la procedencia de estas medallas turbias, de las cucharas heráldicas y los abanicos de encaje, de la miniatura de la torre Eiffel o del perrito *basset hound* de porcelana, de ojos enormes y muy tristes. Lo cierto es que, sin tocarme el corazón, vacié todo en una caja y la saqué junto a la demás basura. El único valor de este tipo de objetos reside en la memoria de sus dueños y por desgracia ya no hay nadie que se acuerde de estos recuerdos.

Mi lugar favorito de la casa era un espacio estrecho y muy alto que debió servir como desayunador o antecomedor. Desde que lo vi quedé prendada de él: era un rincón acogedor y entrañable, una especie de interludio entre el ajetreo de las ollas y la solemnidad de los platos de porcelana. Su sencillez contrastaba con la de toda la casa. No tenía más de doce metros cuadrados y no obstante conservaba la doble altura del comedor y de la sala, lo que daba la sensación de estar dentro de un periscopio. La transparencia líquida de los bloques de vidrio que formaban dos franjas a los costados arrojaba una luz muy suave, con destellos de verde tierno de las hojas reclinadas afuera. En el centro había una austera mesa de convento cubierta con un mantel de tela plástica estampada de naranjas. Pegada contra el muro del fondo había una banca rústica y sin respaldo donde me pasaba las horas leyendo, trabajando en mi tesis y tomando café, a salvo de la formalidad que imponía el adusto comedor.

Imaginaba que en esa mesa debieron aguardar las fuentes, los platones y las soperas, antes de ser presentados ante los comensales. Del lado más próximo al comedor había un trastero de postes torneados y talla purépecha donde se hallaban los utensilios de uso regular: los jarros, las tazas con impreso de una compañía de seguros, los platos desportillados, los vasos desiguales: antiguos recipientes de mole Doña María o con forma de barril de cervecería Corona. En el suelo había viejos botellones para la leche en rejas de alambre y cascos retornables de refresco. Ensartada en una de las orillas del mantel, una aguja con hilo rosa carcomida por el óxido.

Arrinconada aquí, me siento como en el cuento de la Cenicienta. No hay ceniza, pero por lo apretujado y alto este rincón se me figura el tiro de una enorme chimenea: el sol hace figuras como de flamas en los cuadrados de cristal. Me pregunto si, después de casarse con el príncipe, la Cenicienta habrá vuelto a su lugar, junto a la ceniza, a coser ya no los vestidos de sus hermanastras, sino los de sus hijas. Las gemelas crecen y crecen, hay que bajarle la bastilla a los vestidos que les quedan rabones. Pronto ya ni siquiera van a querer usarlos, les parecerán muy aniñados sus holanes y sus encajes. Empezarán a buscar otros colores, a pensar en modas, a ver revistas, a fijarse en lo que usan las otras niñas. Yo lo hacía. Claro que a su edad todavía no, pero los niños ahora crecen mucho más rápido. Me parece que así como ellas van creciendo yo me detengo, mi ritmo se va volviendo cada vez más lento, se va gastando mi valor. Me estoy haciendo vieja. Claro que valgo por lo que soy: la madre de dos hermosas criaturas y esposa de un fotógrafo famoso. Pero si me quedara sola, sin mis abrigos, sin mis joyas... Bajé el costurero y me vine para acá. Es lo más lejos que puedo estar de ellos sin salir de la casa. No quiero escuchar el alboroto de allá arriba, los preparativos para salir a la velada. De todas maneras imagino lo que cada uno debe estar haciendo: las niñas ya terminaron de hacer la tarea y juegan a la casita, mientras Oralia plancha la ropa de Eligio y pule sus mancuernillas. Eligio estará afeitándose la barba, tal vez ya hasta se bañó y se perfumó. Le gusta ponerse guapo para sus queridas. Como si no supiera. Oralia entra y sale, entra y sale de la cocina. Ya viene y lleva el almidón, ya viene y busca un trapito, el bicarbonato o me pide una aguja enhebrada con hilo negro para asegurar el moño, que le quedó chueco. Y es que la cena es en casa de un embajador de no sé dónde y asistirán puros diplomáticos y gente importante. La invitación decía: «Etiqueta rigurosa», en letra de oro sobre un papel grueso y martillado, muy blanco. Venía con dos boletos, pero Eligio se hizo el tonto. Cuando le pregunté cómo debía ir vestida me respondió que yo no podía ir, que era un asunto de trabajo. Le dije de las invitaciones y estalló en furia por haber metido mis narices en su correspondencia. Con todo y que el sobre dijera clarito: «Fam. Vargas», y hasta donde sé yo también soy parte de la familia Vargas. Para calmar los ánimos me dijo: si insistes, vamos, pero la verdad es que voy a estar con Chava y nos la vamos a pasar hablando de cosas de hombres, luego te aburres y te quejas de que no tienes con quién platicar. Y sí, tiene razón. Me caen tan gordas las viejas fufurufas y pretenciosas que van a ese tipo de cenas, que me ven como si fuera un bicho, una mosca que lame el filo de la copa de *champagne*... Es verdad que no uso sus palabras rimbombantes, soy una mujer de pueblo, no voy a negarlo, aunque quisiera; no sé de nombres de escritores ni de artistas y prefiero quedarme callada, colgada del brazo de mi marido, viendo cómo se avergüenza de mí, dejándome arrastrar por él de un lado para otro como un bulto. Pues tú tienes la culpa, le dije al fin, por casarte con una mujer sin casta, dilo, es lo que quieres decir, ¿no es cierto?, y el otro tratando de calmarme: ya, mujer, no te pongas así, luego que haya otra fiesta te digo con tiempo para que leas un par de revistas y tengas de qué hablar. Para que tengas de qué hablar, viejo estúpido, muchas cosas tengo de que hablar. Si por mí fuera, no me paraba la boca. Lo que yo quisiera es que alguien escuchara lo que tengo que decir y no las payasadas de las que hablan sus amiguitas esas. Le dije: pues te diviertes mucho y ahí me saludas a tu amigo, espero se la pasen muy bien. Eligio me mira de manera burlona. Cuando llegue, si llega, seguro se irá a dormir al cuarto de invitados, como todas las noches. No le falta pretexto. Mejor así, duermo de corrido. Iba a encerrarme a coser, pero Oralia estaba planchando. Agarré el costurero y los vestidos de las niñas, y bajé llena de rabia, mientras que él siguió haciendo sus cosas tranquilo, sin siquiera dignarse a voltear. Podría contar las veces que Eligio me ha mirado; que realmente me ha mirado a los ojos, que me ha visto. Han de ser como tres o menos: cuando nacieron las gemelas, cuando nos fuimos de luna de miel, cuando nos conocimos y que su mirada me hizo sentir descubierta, desnuda. Había llegado a Metepec con su maestro y otros señores que andaban tomando fotos de las calles y de las gentes. Los indios les echaban maldiciones porque decían que sus aparatos eran cosa del demonio. Mi padre, para demostrar que era un hombre moderno, entabló amistad con uno de ellos y le pidió que le hiciera un retrato a su familia. Lo llevó a comer a la casa. Mis primas andaban todas alborotadas buscando quién les prestara un vestido, una peineta, unos aretes, relamiéndose entre ellas el peinado, prestándose el colorete que casi nos acabamos entre todas. La gente nos prestaba sus cosas con gusto, porque, aunque no salieran ellos retratados, al menos iban a salir sus zapatos, su camafeo o su rebozo de bolita. Movieron los sillones, las sillas y las mesas del salón para abrir campo y nos paramos todos frente al aparato, bien derechitos. Debíamos quedarnos quietos, como estatuas de marfil. Cuando llegué, el joven tenía la cabeza metida debajo de las faldas de la cámara y me pareció muy chistoso ver nomás la curva de sus asentaderas. Pero, cuando sacó la cabeza y lo vi, me pareció el hombre más guapo que hubiera visto jamás. Durante los segundos que duró la toma de la fotografía no dejó de mirarme. Sentí cómo se me encendía el rostro mientras el tiempo se detenía y nada más nosotros dos existíamos en el mundo. Cuando hizo explotar la pólvora sobre el bastón, algo explotó también dentro de mi pecho. Más tarde, durante la tertulia que prosiguió, me atreví a invitarlo a conocer el rancho y los alrededores. Fuimos a la cañada y al río, le mostré los cultivos, el ganado y los pastizales. Mi mamá nos mandó a Lupita de chaperona, pero como quiera le dijimos que se fuera a cortar chabacanos y, mientras la niña andaba en el huerto, Eligio me preguntó si quería irme con él y vivir en la ciudad. Cuando fue a hablar con mi papá para formalizar las cosas, le llevó de regalo la fotografía de la familia enmarcada en un marco muy bonito, con ribete de terciopelo rojo y marialuisa negra. Nos casamos por lo civil porque Eligio no es creyente y eso a mi madre le molestó mucho. Cuando nos despedimos, mi madre me entregó el cuadro de la foto y dijo toma, tú vas a necesitarlo más que nosotros. Ese hombre es Satanás, va a hacer que te olvides de tu Dios y de tu tierra. Que te aproveche el retrato, a ver si cuando estés allá perdida te acuerdas de que tenías lo bueno y lo dejaste ir. Al principio todo era muy bonito, cuando empezó a irle bien y viajábamos juntos, íbamos a las fiestas. Me pedía que me vistiera con trajes típicos, que hablara unas palabras en la lengua de mi abuela o contara alguna leyenda de mis antepasados. Luego todo eso de los indígenas pasó de moda, yo me embaracé de las gemelas y él empezó a ver a otras mujeres. Una se da cuenta. Era natural que Eligio se hartara de alguien como yo. Se volvió muy reservado con todo lo que tenía que ver con su trabajo. Se encerraba a trabajar en el laboratorio o en el estudio, con las modelos. Dejaba de hablarme durante muchos días. Por desgracia, nunca me logré convertir en una dama de mundo como soñaba de niña. Puedo aparentarlo, vestirme bien, estar a la moda y dar una buena impresión, pero cuando empiezan todos a hablar de cosas elevadas e intelectuales yo mejor me quedo callada o me pongo a ver si hace falta algo en la mesa, levanto los platos, lleno las copas. Es como me enseñaron a ser. Y no es que sea tonta, porque he leído, he viajado, mis padres me mandaron a un buen colegio, pero en el fondo nunca podré dejar de ser una mujer sencilla. No se me da eso de andar de presumida, llenándome la boca con falsos halagos o palabras rimbombantes. Ahora estoy como en un punto ciego donde nadie me mira. Estoy, pero soy invisible. No sirve de nada que me enoje y haga berrinche, él de todos modos me ignora. El lugar de Eligio está allá, entre las luces, las sonrisas y el *champagne;* mi lugar está aquí: Cenicienta que baja la bastilla a los vestidos de sus hijas, mientras ellas siguen y siguen creciendo.

Frente al desayunador estaba el cuarto de la alacena, pero no entré porque, apenas entreabrir, sentí de golpe el olor a mierda de ratón y cerré de inmediato. Me seguí hacia la cocina, que, a pesar de que era un completo caos, me pareció bellísima. Guardaba cierta semejanza con la cocina de la casa de mi abuela, aunque no pude precisar en qué consistía el parecido. Era enorme. Sobre el suelo ajedrezado plantaba sus patas la mesa de madera, más alta que una mesa de comedor y extensa, como para amasar pan o preparar ocho docenas de tamales. De un salto me senté en la cubierta, frente a la ventana, y crucé las piernas en flor de loto. Vi en derredor y entendí: esa cocina, al igual que la de mi abuela, carecía de encimeras. La moda de la cocina integral desplazó las acciones hacia el contorno, mientras que las cocinas llevaban las labores al centro, dejando a los entrepaños y la reja con ganchos colgada del techo la función de almacenar. Cuestión de hábitos. Uno llega a una de estas cocinas y al principio busca por las orillas dónde colocar la bolsa, la ensaladera o la taza vacía. Luego se acostumbra a que las acciones converjan en un centro poderoso, cálido y bien iluminado. Miré hacia arriba: tendría que lavar la lámpara y la reja con kilos de jabón para quitarle el garapiñado de cochambre que colgaba por los bordes en grumos de grasienta pelambre. El refrigerador debía ser de la época de la casa, también la estufa: sus grandes hornillas estaban hechas para soportar las cazuelas de barro, la olla *express* o la vaporera de veinte litros que pendía de los ganchos entre negras telarañas.

Me puse a imaginar aquella cocina limpia y en funcionamiento, devuelta el alma a cada uno de los utensilios:

blancas las servilletas de punto de cruz, ligeramente quemadas las cucharas de palo, húmedo el molcajete de basalto con el tejolote liso y brilloso de tanto machacar; casi podía oír la campanada del cucharón en las paredes de la olla de peltre, el silbido del hervidor, el chac, chac del salero con forma de tomate, el chorro del agua, los platos de barro raspándose entre sí. Pondría violetas en la cornisa del fregadero, una campana de tubos de bambú para que el viento se anunciara, un bebedero con forma de fresa para los colibríes que pasaban raudos frente a la ventana espantando al silencio con su rumor de alas. Quería llenar toda la casa de plantas: una bugambilia que enredara sus ramas en las pérgolas de la terraza de camino al altillo, poblar los balcones de pensamientos, geranios, rosas, petunias, crisantemos, teresitas y azaleas. Abrí la puerta y me asomé al jardín: una jungla silvestre y descuidada, con el encanto de la naturaleza que se abre paso por sí sola y se entreteje a capricho. Rodeé la casa por el lado posterior. El camino de ronda llevaba hacia una puerta de herrería pintada de negro. Debía cerrar una habitación sin ventanas, una cámara ciega, no muy grande, confinada entre los muros portantes de la cocina, la sala y el recibidor. Era mejor no preguntarse qué había dentro, ya se sabe lo que les pasa en los cuentos a las mujeres que abren las puertas que los hombres les prohíben.

A la hora de restaurar un inmueble, lo más importante es un buen albañil. No un arquitecto, ni un restaurador, ni un contratista, ni un ingeniero ni una constructora. No. Un albañil confiable es mucho más valioso que todos ellos juntos, y yo conocía al más honesto y bien hecho, el que mejor conocía los materiales y las técnicas con que se construyeron las casas de esa época, el que mejor comprendía su estructura y su alma. Porque las casas tienen alma y no solo en sentido metafísico, sino estructural: es decir, la parte media de una viga, entre los patines, y en un sentido derivado aquello que mantiene enhiestas las columnas y firme la horizontalidad de las vigas, lo que soporta el peso abovedado del edificio, el vacío habitable que puede llegar a resentirse con los temblores o con el paso del tiempo. Al menos, eso era lo que de niña me contaba Lico cuando estaban construyendo la casa junto al taller y yo me asomaba a contemplar lo que hacían y a preguntar el porqué de las cosas. Recuerdo que me quedaba las horas mirándolo doblar varillas para armar los castillos. Colocaba cada trozo de varilla entre dos barras paralelas, introducía la punta en el hueco de un tubo galvanizado y doblaba el metal a fuerza de palanca como si fuera de goma. Doblaba el segundo ángulo y el tercero y el cuarto, hasta cerrar sobre sí el cuadrado que uniría después al castillo con un enredo de alambre al que daba tres vueltas con un amarrador. El enredo con forma de moño aseguraba cada estribo a las cuatro varillas perpendiculares. Ese delgado prisma sería, por así decirlo, el alma de la columna; misma que se rellenaba con un vaciado de mezcla hecho con arena, grava, cemento y agua, emparedado entre tablas que hacían de molde. Nadie hacía castillos y columnas con la habilidad de Lico; nadie como él para restaurar el alma de la casa.

Fui, pues, en busca del más brillante de los hombres pardos. Sabía cómo hacer para encontrarlo. Anduve por la zona de los rascacielos; zona de hartazgo y de grisura, disparate de concreto y de vidrio, de máquinas que construyen, máquinas que circulan, máquinas que caminan, máquinas que operan máquinas. Rondé los esqueletos en construcción hasta que el sol estuvo en lo alto y casi no había sombras ni banquetas sobre las cuales caminar. Basura y malas hierbas abrían paso muy apenas a los peatones que tendrían que limpiarse los zapatos en el baño cuando llegaran a su destino. Esperé al pie de una de las construcciones rodeada con mamparas de anuncios ostentosos: aquí está tu sueño, ven, persíguelo, págalo con tu vida, últimos departamentos, *roof garden, fitness, smart fit, crossfit*. Decían piscina en lugar de decir alberca.

A la una en punto empezaron a salir los trabajadores. En el camellón, decenas de hombres y unas cuantas mujeres se repartieron bajo las raquíticas sombras de los árboles recortados para no dar sombra. Se sentaron sobre un pasto sediento y abrieron entre sus piernas bolsas de plástico con comida. Desataron los nudos que esa misma madrugada habían atado sus madres, sus esposas, sus novias o ellos mismos, extrajeron del interior los alimentos fríos, arroz, guisado, frijoles, y los tomaron con trozos de tortilla caliente que compraban a alguien que pasaba vendiendo paquetes de medio kilo en una hielera. Sus ropas parecían todas de un mismo tono; los colores estaban opacados por el polvo de la obra. Tenían los zapatos cuajados de cal, las manos ajadas por el mortero, mochilas y celulares espolvoreados. Las sienes húmedas de sudor, la mirada perdida en la resolana o clavada en el alimento. Los rostros, en su mayoría, eran tranquilos o sonreían alguna burla. Era irónico que con todo y el casco amarillo, el chaleco naranja y las cintas reflejantes atravesadas en el overol siguieran siendo tan invisibles. Los que primero terminaron de comer se echaron a dormir en el hueco de una carretilla o en el filo de una sombra, las piernas trenzadas, el casco sobre el rostro y la mochila bajo la nuca, satisfechos, sin deberle nada a nadie.

Yo solo esperaba. A pesar de lo homogéneo del conjunto, no temía confundir a Lico. Sabía que habría de distinguirlo rápidamente entre los demás; era el más brillante de los hombres pardos. Él también me vería y sabría que lo andaba buscando. Por eso me limitaba a esperar a que el sol calentara el pavimento para distinguirlo a lo lejos en una de sus ondas. Sonó el timbre y los hombres y las mujeres se levantaron, juntaron los restos en bolsas, taparon los recipientes y cerraron las mochilas, dispuestos a volver al segundo turno. Lico se acercó desde el final de la calle, sin apuro ni sorpresa, como si fuera cualquier otro de los trabajadores, como si no supiera que estaba ahí en su busca. Era tan pequeño que cuando llegó junto a mí pensé que todavía estaba lejos. Tuve que inclinarme para saludarlo. Él me mostró su sonrisa bondadosa y amplia. No parecía haber envejecido ni un solo año, sus músculos parecían igual de sólidos, sus rasgos eran los mismos que recordaba, nos saludamos y sentí su mano callosa como madera de hombre, tacto acostumbrado a someter la materia indócil.

Le pregunté por su familia. Dijo que el grande, el que tenía mi edad, ya se había ido al otro lado y le iba bien. A Juan le dio por estudiar ingeniería, Martha y Lalita le seguían ayudando a su mamá, Carlos a veces trabajaba con él, también Irma, aunque prefería que se quedara a estudiar porque había salido mala para la escuela. Y los chiquitos ahí andaban, dando guerra. Yo le conté a grandes rasgos de la casa. Expliqué lo que, a mi juicio, sería necesario reparar. Me esmeré por usar sus palabras, su lenguaje, aunque me imaginaba lo ridícula que me oía al hablar de trabes, repellado y bajantes, de reemplazar con pvc el galvanizado y el asbesto. Lico me escuchaba con una risa contenida y simple, asentía con la mirada puesta en el vacío de los planes. Preguntaba detalles sin mostrar condescendencia. Construía en su mente la edificación descrita y trazaba el sortilegio que haría posible su restauración.

De cualquier modo debía ver por sí mismo la casa para hacer la valoración, calcular el material y presupuestar la mano de obra. Iría el sábado siguiente. Sabía que podía confiar en él. Recuerdo que alguna vez escuché a mi padre decir: a Lico hasta dan ganas de pagarle el doble. No es fácil encontrar un maestro de obra que llegue a tiempo, haga bien su trabajo y no se robe el material. Él se despidió y yo volví caminando al lugar donde había dejado estacionado el coche, confiada y tranquila. Sentía como si de cierta forma el trabajo ya estuviera hecho y solo fuera cuestión de facilitar las cosas, dejar al tiempo hacer lo suyo. Así de inequívoca era mi certeza.

La segunda habitación era semejante a una casa de muñecas. Al fondo del corredor, del lado derecho. Amplia y acogedora al mismo tiempo, abundante en madera, doble altura con tejado en dos aguas y un tapanco al que se accedía por una escalera de caracol tallada en caoba. Olía a cera dulce. Era como meter la nariz en una lata cerrada llena de crayolas de todos los colores. Ahí el polvo apenas había tocado las superficies y el paso del tiempo no se hubiera notado de no ser por los juguetes, cuya hechura y materiales eran de una época en que apenas se empezaba a descubrir el uso industrial de los polímeros. La felpa de los animales era áspera y el relleno los abotagaba como obra de un taxidermista. La alfombra era más mullida que en la primera habitación, debía tener doble capa de esponja, pensada para pasos vacilantes, caídas y largas horas de juego con las rodillas en el suelo.

Tres ventanas daban hacia el jardín, una abajo, otra arriba y la tercera, más pequeña, al fondo del tapanco, en el centro del triángulo del tejado; enmarcadas las tres en madera, con vidrios biselados y cortinas de mascota rosa rematadas en escarolas de encaje, recogido su vuelo a cada lado con un listón. Debajo del tapanco había dos mesas paralelas contra el muro del fondo, cada una con su lámpara y su silla. Un librero del lado de las escaleras mostraba en desorden una edición original de *Struwwelpeter, Las mil y una noches,* un hueco donde debieron estar los cuentos de Perrault; un ábaco de cuentas de colores, una muñeca Lupita de papel maché, un visor de diapositivas en tercera dimensión. Destapé una caja de zapatos Coloso llena de postales y de cartas: las Torres Gemelas, la estatua de la Libertad, el Barrio Chino, el Golden Gate, el Pier 39, rascacielos, parques de césped recortado, un ferri, la Wonder Wheel de Coney Island. / Te extrañamos, mamita, ojalá te alivies pronto para que conozcas Nueva York. / Hoy fuimos a un restaurante chino y a María le dolió la barriga, nadie aquí cocina tan rico como tú. / Mañana es nuestro primer día de clases, prometemos estudiar mucho y portarnos bien. Te queremos.

Sobre el muro de la entrada había dos roperos a la medida de los vestidos que debían colgar dentro. En la esquina, un juguetero grande y sobrepoblado. Las muñecas miraban al vacío con sus grandes ojos fijos, transparentes, unas habían dejado caer los párpados vencidas por el sueño, a otras solo se les había cerrado uno; guiño macabro recrudecido por el vitiligo de las encarnaciones.

Entre el juguetero y la ventana, sobre una mesa destinada exclusivamente para ese fin, yacía la réplica de una delicada casa victoriana de fachada color ladrillo, con tejado verde oscuro y ventanas de bastidor blanco. Una casa dentro de una casa dentro de una casa. De niña siempre quise tener una casita de muñecas. Elaboraba burdas improvisaciones con cajas de cartón pegadas, recortadas las ventanas y las puertas, pero al final mi madre las echaba a la basura porque eran un estorbo. Una casa de muñecas verdadera era cosa de ricos. Acerqué mi ojo de gigante a las ventanas. La luz entraba de lleno por el envés. En el primer piso estaban el comedor y la cocina, con todos sus muebles y decorados en orden. El padre sentado a la cabecera, la mesa servida, una niña de pie sobre el sillón. Una negrita en la cocina, inclinada sobre el fuego falso, revolvía el contenido de la olla. Vamos a comer, Silvia, háblale a tu hermana. Servida en el centro de la mesa, una corcholata llena de barbillas de cuaderno, y un dedal entre las manos del padre. ¿Mi mamá no va a comer con nosotros? / Tu mami está cansada, pero al rato nos acompaña, déjala que duerma, tienes que comer bien porque si no luego nos regaña. / ¡María, ya baja, vamos a comer! / Cuando terminen iremos al cine, y si se portan bien las llevo por un helado, pero solo si se terminan las verduras. / ¡María, ven, tenemos que comernos las verduras! ¿Y puedo pedir un banana *split*? / Mhhh..., tal vez, si te comes todo, pedimos uno para los tres. / No, yo quiero uno para mí sola. / No digas tonterías y mejor siéntate a comer, que se te está enfriando. / ¡María, baja ya, vamos a ir por helado! / Hija, ¿no piensas bajar? / A lo mejor se quedó congelada como mi mamá. / No digas eso, come para que podamos irnos. Oralia, ¿puedes ir a ver a María? Silvia, deja de tomar agua, te vas a llenar y luego no comes suficiente. Siéntate bien. / Todo parecía verdadero: las lámparas en miniatura colgaban del techo, los cojines miniatura, las flores miniatura en el florero miniatura. Las escaleras miniatura llevaban al segundo piso, donde había un baño con tina y aguamanil; en seguida el dormitorio con la cama tendida y la muñeca mamá, de camisón blanco, sentada en la mecedora, muy quieta, no hacía más que mirar por la ventana. Otras escaleras conducían a la buhardilla, donde solamente había una cuna, una bañera y unas tijeras grandes de tamaño real.

Mi peso hizo crujir los peldaños de la escalera de caracol. Estaría dormida la madera o crujía todas las veces que un peso como el mío subía al tapanco. Bajo aquella bóveda profunda una podía sentirse como en una caverna cálida, hecha para el recogimiento y el sueño. Había dos camas individuales con sendas cabeceras blancas y un buró. El papel tapiz de ramilletes de rosas hacía juego con las colchas. Acurrucados entre los cojines, más muñecos y animales de peluche, los predilectos. / Elige uno. Solo puedes llevar uno, María, por favor, entiende.

Silvia ya lleva a su Nona, ¿tú cuál vas a elegir? / No. / Deja de llorar, por favor. No puedes llevar también a Poncho. Es Poncho o la muñeca, escoge. / No. / En el internado solo aceptan uno, si te llevas al otro lo mandan a la dirección. ¿Te imaginas que mandaran a Poncho a la oficina del director? Mejor déjalo aquí, que aquí te espere con sus compañeros, ¿está bien? Ya no llores, hija, te va a gustar mucho tu nueva escuela. En Estados Unidos está Disneylandia, ahí viven Pluto y Tribilín. Deja aquí a Poncho, suéltalo, ¡que lo sueltes! Ya no llores, agarra tus cosas. Oralia, cierra todo que ya nos vamos. Oralia...

El sol entraba por la ventana y dibujaba cuatro láminas de luz sobre la colcha. Recosté la cabeza en uno de los cojines como Blanca Nieves cuando llega a la casa de los enanos. Abracé a Poncho y me descubrí pensando en la posibilidad de que el embarazo siguiera su curso, en dejar que las células se dividieran hacia sus funciones específicas, que se tejieran las membranas de los órganos hasta formar un cuerpo. Una casa dentro de una casa dentro de una casa. La duda era compleja y extraña: no era que de pronto me hubiera surgido el deseo de verlo nacer y convertirme en otra; era más bien el anhelo de la inacción, dejar que la inercia hiciera lo suyo, entregarme a su designio. Un techo me cubría, sólidos muros abrigaban la esperanza de la vida en común. De la vida, punto, no hacía falta más.

De pronto mi mano dio con un objeto escondido bajo la almohada. Era la otra muñeca, la niña que no quería bajar a cenar. Tan lejos de casa, la pobre, pensé. Tenía el pelo arrancado, la cabeza torcida, los brazos rotos, el vestido roto, una dentellada en el talón de goma y el rostro rayado con tinta. Los ojos eran dos huecos negros en donde habían encajado la punta y la habían majado con fuerza.

Estaba en la cocina, haciendo recuento de ollas, utensilios y trastes que se podrían salvar, cuando la chicharra del timbre me tomó por sorpresa. Sonó dos, tres veces. Pensé que sería un vendedor o Zuri, que había ido antes de su viaje a recoger algo, a despedirse. Iba hacia la puerta cuando me alertó un resplandor azul y rojo. Retrocedí y me asomé por la ventana de la sala. Entre las muescas de la tela alcancé a distinguir en la acera a dos policías junto a una anciana menuda y quebrada como vara seca. Me subí al respaldo de un sillón para ver mejor, pero perdí el equilibrio y me tuve que apoyar en la ventana. La vieja de inmediato señaló con el índice la cortina que se mecía y dijo con voz chillona ahí está, les digo que hay alguien. Los agentes, un hombre y una mujer, con los brazos en jarras miraron hacia la ventana. Yo conozco al dueño, vive en los Estados Unidos pero hace mucho no viene, yo desde ayer vi que había alguien, serán ladrones o sabrá Dios.

Me recorrió una descarga de miedo. No tenía manera de comprobar que estaba ahí de manera legal, que el heredero de la casa me había pedido que hiciera la restauración, no había tramitado los permisos. Supuse que aun cuando me tomaran por ocupa no me podían arrestar, no podían irrumpir en la casa mientras no tuvieran una orden. En eso me amparaba cuando vi que la policía mujer abría la reja del chaflán. Entró y se acercó a la ventana. Se paró de puntas y puso las manos de visera para hacer sombra y mirar entre las rendijas. Yo bajé del sillón, pegué la espalda al muro y se me agitó el pulso como si estuviera jugando a las escondidas. De pronto se escuchó un chasquido dentro de la consola, el disco empezó a girar de nuevo y el brazo de la aguja se movió en automático: *He's a tramp, but I love him...*, resonó en la bóveda de la casa y oí allá afuera a la vieja decir ¿no oyen eso? Es música, les digo que hay alguien ahí, ¡hay alguien!

La policía rodeó la casa por el camino de ronda del lado de la chimenea. Vi pasar su sombra por los ventanales hasta el del comedor. Me quedé paralizada. De nuevo hizo sombra con las manos y acercó la cara al vidrio, solo que esta vez yo estaba de frente. Me llamó señorita, por favor, abra la puerta. Al ver que no me movía, llamó a su compañero y dijo una clave en el radio. Aproveché su distracción para desconectar la consola y correr escaleras arriba. Escuché a lo lejos una sirena que se aproximaba.

Me asomé desde la recámara de los chinescos. Llegó otra patrulla y el compañero de la mujer policía también entró al camino de ronda. Tocaron la puerta y ordenaron abrir. La vieja miró hacia la casa con mueca de pescado rancio; era enjuta y fea, vestía toda de *beige* y llevaba el pelo relamido y teñido de borgoña, con grandes raíces blancas. Se irán. Se cansarán de tocar y se irán, pensé. Pero aún no alcanzaba a recuperar el aliento cuando escuché el eco de la cerradura. No había echado el cerrojo y bastaba con girar el pomo. Oí que llamaban desde el recibidor. Debía buscar un escondite, pero dónde, de cualquier forma me atraparían, en las escaleras, en el altillo, en el armario... De pronto oí desde la calle una voz grave y firme decir ¿puedo saber qué es lo que pasa, oficial? Me asomé por la ventana, pero no podía ver quién era, el recién llegado quedaba oculto por la fronda del árbol. La voz me sonaba lejanamente familiar, aunque no lograba identificarla. El interior de la casa de nuevo quedó en silencio, los agentes volvieron al camino de ronda y preguntaron ¿es usted el responsable de esta propiedad? El recién llegado dijo así es, ¿en qué puedo ayudarle? La vieja gimoteaba, pero él la ignoró para ir a hablar con los agentes. Escuché los murmullos de su conversación. La voz chillona de la vieja no me dejaba oír lo que decían. Hay alguien en la casa, mijo, un intruso, o algo, ella ya lo vio, pregúntale, desde el otro día me di cuenta, había sombras y una luz, y antes de eso también andaba gente allá arriba, yo los vi...

Salieron los dos agentes que habían entrado, los otros dos bajaron de la patrulla y entre los cuatro rodearon al muchacho que decía ser el responsable. La vieja buscaba la manera de meterse en el círculo, buscando en las ventanas. Se acercaron al pretil. Desde ese nuevo ángulo pude verlos con toda claridad, aunque el rostro del recién llegado me quedaba oculto por el ala de una cachucha negra con el sello de los Raiders: el pirata con su parche en el ojo y los dos sables cruzados tras la cabeza.

En la tercera habitación había una mecedora quieta frente a la ventana y una máquina de coser marca Singer con mueble de caoba sobre estructura de hierro forjado, pedal y rueda, cubierta con una toalla verde. Una mesa de corte con dos entrepaños repletos de rollos de tela. Un maniquí de costura sin brazos ni cabeza ni piernas, encajado en una estaca con base redonda. Una cajonera de bisutería: hilos, botones, cierres, elásticos, ensartadores, agujas, greda para marcar la tela, moldeador de bies tamaño chico y grande, alfileres con cabeza de metal y de bolita de colores, broches de gancho, de presión, velcro, encaje, pellón, listones de varios anchos y colores, cinta métrica, ovillos y carretes, brocha para pelusa, alfiletero, ganchillo número cuatro, descosedor, tijeras Barrilito, tijeras sin punta, tijeras de hoja larga. Un clóset con ropa ordinaria de mujer: batas, pijamas, camisetas de algodón, suéteres tejidos a mano. Me senté en la silla frente a la máquina, una silla giratoria de madera y mecanismo de metal, de las primeras que se inventaron para las oficinas de aquel entonces; un cojín muy aplastado por el peso de las horas sobre el asiento. Pensé en cuánto le hubiera gustado aquella habitación a mi madre. Miré la Singer, máquinas inmortales, pasaban de generación en generación junto con las recetas, los remedios y los dichos, junto con los hábitos de cada casa y los santos de cada casa, junto con los secretos y los modos y el tono de la voz. Máquinas de vestir el hogar con manteles y cortinas, de cubrir el cuerpo con algo hecho y no comprado, de resolver apuros: la servilleta, el disfraz, la bastilla del uniforme, la rasgadura del fondo. Máquinas para ensanchar y reducir, para remendar en caso de que se hubiera roto. Sabía lo elemental, podía usarla y coser, de entrada, unas cortinas nuevas para la casa. Solo que eso era mucho más que restaurar un inmueble.

A un lado de la Singer había un librero pequeño de puertas lisas cerradas con llave, pintado de color guinda, craquelado en los filos, donde se veía que antes había sido gris y antes verde pistache y antes de eso, tal vez en su origen, blanco.

Gertrudis hojeaba una revista de moda bajo la sombrilla del jardín mientras las gemelas, sentadas sobre un mantel de cuadros, hacían un pícnic con las muñecas adultas, espigadas y elegantes que su padre acababa de comprarles en los almacenes Blanco. Amparito, la hija de Oralia, jugaba a perseguir a Trini, la gata de la casa, con los pies desnudos sobre la tierra.

El sol se asomaba con fuerza entre las nubes y el jardín rezumaba un calor herbáceo ligeramente sofocante que Duda trataba de aliviar dando grandes tragos a su limonada, rompiendo entre las muelas los pedazos de hielo. De pronto, al pasar una página y levantar la mirada, lo vio asomado entre los huecos de la celosía, agachado para que su torso no sobresaliera por encima del pretil. Ella se llevó la mano al pecho con susto y vergüenza. Pensó en el tiempo que habría sido observada sin darse cuenta. ¿Acaso habría hecho algo indiscreto? Pensó en el espantoso vestido de algodón floreado que llevaba puesto, tan simple que hubiera podido pertenecer a una de sus primas del rancho. Llamó a Oralia, que estaba en la covacha del lavadero, y le pidió que llevara a bañar a las niñas. Se acercó al pretil.

—Qué sorpresa. No lo esperábamos hoy, Eligio está en el laboratorio, ¿quiere que lo llame?

—Necesito que me ayudes con algo, querida. ¿Tienes dos minutos?

—Por supuesto, déjeme abrirle...

—No, no, descuida —subió el pie a la base del pretil y empezó a trepar.

—Pero qué barbaridad, no haga eso usted, va a ensuciarse.

Saltó dentro del jardín y se sacudió los pantalones casi blancos.

—Es una emergencia, Ger. No sé qué hacer, estoy completamente bloqueado.

Fue hacia ella y la saludó con un beso en cada mejilla. Ella le correspondió el saludo de forma errática, sin saber muy bien hacia dónde inclinar el cuerpo, chocando torpemente su rostro con el de él, afeitado y húmedo.

—¿Se encuentra bien?

—Sí, pero si no me tomo una ginebra en los próximos dos minutos me va a dar un colapso.

—Pase, por favor —le señaló el camino hacia el interior de la casa por la puerta de la cocina. Se sentía abochornada bajo los rayos del sol.

—¿Eso que estabas tomando es limonada simple?

—Sí, ¿quiere que le sirva un poco?

—No, ginebra. Es lo único que puedo tomar en estos momentos.

Rechinó el resorte de la puerta mosquitero.

—Puede que Eligio tarde una media hora o poco más.

—Deja a ese germano inútil —agitó la mano en el aire—, no sabe ni decir *oui*. A ti es a quien necesito.

Ella sacó una cartera de hielos del refrigerador y se dirigió a la sala.

—Pero cómo podría ayudarle, si le digo que aprendí solo dos o tres palabras...

Le ofreció la cartera de hielos y él se puso a preparar un Tom Collins en el carrito de servicio.

—El asunto es que estoy escribiendo un ensayo acerca de las onomatopeyas, ya sabes, cuando la palabra imita el sonido de lo que significa... ¿Recuerdas el poema «Une charogne»? —ella negó con la cabeza, pero él no le dio importancia y continuó—: Por favor, dime que tienes un buen diccionario.

—Ignoro si sea bueno, porque es el mismo que llevaba en el colegio, pero si quiere se lo muestro.

—Me salvas la vida, *ma chère*.

Ella fue escaleras arriba y él la siguió.

—Es un diccionario escolar, la verdad no creo que...

—Es una cosa muy sencilla, la palabra *puanteur*, ¿a ti a qué te suena?

—No sé, ¿como a algo que espanta?

—¡Exacto! —manoteó emocionado—. ¡Un olor que espanta! Cómo no lo había visto antes. Eres una genio. *La puanteur était si forte, que sur l'herbe vous crûtes vous évanouir...*

Ella abrió el librerito del cuarto de costura, sacó el diccionario y buscó la palabra.

—Vaya, pero si tienes aquí un verdadero tesoro... —dijo él, señalando la colección de misales, libros antiguos, cartas, cajas de bombones y ramilletes de flores desecadas.

—*Odeur infecte, odeur fétide* —leyó ella, algo nerviosa, como si quisiera resolver pronto la cuestión para que salieran del cuarto.

—El sonido de la pe es fuerte, es explosivo, como si se volviera el estómago, ¡puaj! ¿No te parece?

Ella sintió que le flaqueaban las piernas. El hombre se acercaba a su espalda. De pronto se oyeron pasos en las escaleras.

—Debe ser Eligio —se dio la vuelta para poner distancia. Él se asomó a la puerta del cuarto de costura.

—¡Maestro! ¿Cómo te va? —saludó desde el umbral—. Estás trabajando en la serie de las pirámides, ¿no? Ah, esa morena...

Regresó violento y la estrechó, apretando el diccionario entre ambos.

—Déjame verte.

—¿Qué dice?

—Déjame verte. Necesito verte. Quiero verte completa, lo necesito. Vendré mañana, cuando Eligio no esté —se apartó de ella, dispuesto a salir.

—Tome, podría necesitarlo más tarde —le entregó el diccionario.

—¡Ah, *ma beauté*! —le tomó la mano y le plantó un beso muy leve en los nudillos—. Esta vez procura ponerle un poco de ginebra a la limonada.

El hombre entró a la habitación de los chinescos y siguió a Eligio hacia el altillo. Ella abrió la puerta del baño y ayudó a Oralia a sacar a las niñas de la bañera. Metió las manos con gusto en el agua fresca y abrazó a María sin importar que se le mojara el vestido.

En las casas de antes los baños eran gigantescos. Da la impresión de que, durante algún tiempo, más o menos desde que se difundió el uso del inodoro, y hasta por ahí de la década de los cincuenta, el común de los arquitectos y constructores mexicanos no estaban muy seguros de qué hacer con el sanitario. Estaban todavía muy arraigadas las costumbres rurales de destinar un lugar alejado para la fosa séptica y una casucha distinta para bañarse a jicarazos, mientras que las jofainas y los lavaderos con pila de agua en el centro del patio suplían las necesidades del lavabo, dando lugar lo mismo a la higiene de manos, cara y dientes que al lavado de ropa y hasta trastes. No es tan extraño, pues, que los primeros intentos de reunir las funciones de retrete, ducha y lavabo fueran erráticos y en ocasiones fallidos. Podía suceder, por ejemplo, que al constructor se le ocurriera instalar la regadera frente a la taza y el lavamanos afuera, al final del pasillo. En las casas de pueblo la evolución podía ser más paulatina: el inodoro reemplazaba la fosa séptica y en una casucha contigua instalaban la regadera para aprovechar el tubo del drenaje, ambos cerrados con impúdicas cortinas, que de cuando en cuando agitaba el chiflón. En las viejas casas de ciudad lo más común era que se destinara un espacio relativamente alejado para construir una pieza, más pequeña que una habitación, más grande que un armario, y distribuir ahí los elementos a conveniencia o capricho. Casi siempre mediaba entre los muebles de porcelana una distancia desproporcionada y fría, aunque esta amplitud permitía incorporar al conjunto otros elementos: un *bidet* o una tina, en el mejor de los casos;

un mueble para blancos y medicinas, el canasto de la ropa sucia y hasta la lavadora. Este tipo de baños tienen un olor característico como de moho terroso y salobre que no se quita ni lavándolos con cloro y chorros de Pinol, un olor que subyace más allá del Glade, de la canasta de popurrí, del humo de incienso. Suelen paliar su sempiterna opacidad con un tragaluz cenital o un foco de veinte *watts* con cadena de bolitas.

En la casa, el baño del segundo piso era tan amplio y tan sereno que, lejos de limitarse a los requerimientos puntuales de un servicio sanitario, debió cumplir con el papel del lugar de retiro donde se practican abluciones, rituales de purificación, deleitable comunión con el agua, reposo del cuerpo en denso calor y sales, abrazo de espuma, aroma de azahares, romero, lavanda; flama silenciosa y sol que filtra sus rayos entre las ramas de los árboles, cuyas sombras bailaban sobre el vidrio difuso de una enorme ventana cuadrilobular con moldura de pilastra: ojo de cíclope que miraba hacia la calle por encima de la entrada, asomo de pájaros y de viento. Por desgracia, el estado en que se encontraba esta parte de la casa era más que deplorable. La puerta mampara tenía varios vidrios rotos, la loseta de cuadros intercalados estaba tan sucia que la alternancia de turquesa y blanco estaba igualada por una misma capa de lodo lamoso y negro, las paredes y el techo habían sido repintados de esmalte *beige* y la xerosis dejaba ver debajo el azulejo guinda, con cenefa redonda hasta medio muro. Del lado de la ducha, el techo estaba asquerosamente plagado de ampollas de humedad, costras enfermas escurrían salitre, moho, yeso podrido hasta el punto de producir grima. La parte del retrete, en el rincón izquierdo, y la del lavabo, sobre el muro derecho, eran las menos afectadas, pero el área para bañarse era de una inmundicia atroz. Las paredes se caían de corrosión, los tubos oxidados parecían salirse por las paredes, la bañera estaba cubierta de una nata revuelta con pelos y costras de jabón. En una bolsa grande y con los guantes bien puestos fui recogiendo los recipientes de champú, viejas cremas y lociones que dejaron de fabricarse hace mucho. Los tubos de pasta dental que ya no son de aluminio ni se les desprende la tapa. Ya no se usa el Frescapié ni la Mercromina ni las navajas de afeitar de acero con hojas de repuesto.

Al día siguiente, en lugar de entrar a la casa fui hacia la camioneta de Mario. Me acerqué por el lado del copiloto, apoyé los brazos en el filo de la ventanilla abierta y dije hola, me salvaste, no sé qué hubiera hecho sin tu ayuda. Él solamente sonrió. Le pregunté ¿tienes tiempo hoy?, ¿podríamos hacer un par de viajes? Asintió, bajó de la camioneta y me siguió. Empezamos a sacar en cajas y bolsas negras la basura más lábil: los papeles, los paquetes de comida, los recipientes desechables, las botellas vacías. Acumulamos decenas de bultos clasificados con descuido a la entrada de la casa. Apartamos los objetos que Mario llevaría al bordo de Xochiaca, con un conocido suyo que vendía basura más o menos útil: cojines, pantallas de lámpara, muebles de aglomerado, colchones, ropa de cama, aparatos descompuestos, bastidores, flores de tela con todo y florero, adornos ordinarios, carpetitas de *crochet,* alfombras cargadas de mugre. En una suerte de purga incontenible sacamos cantidad de bolsas y cajas llenas de basura al camino de ronda. Era como si la propia casa expulsara con ímpetu el excedente de sus detritos y se vaciara. La puerta era una abertura por la que escurría en tropel el tiempo. Objetos elaborados por máquinas y manos, que habían tenido sentido y uso, ahora eran materia de nuevo informe y debían disolverse lentamente en el magma del vertedero. Casa es el espacio vacío entre los muros y el techo que guarece a sus habitantes de la intemperie. Reinstaurado el vacío, la casa podía por fin respirar, dilatar sus muros y dar entrada a la luz para estrechar a sus nuevos huéspedes.

—¿Es verdad lo que le dijiste a la policía? —le pregunté a Mario mientras arrastrábamos escaleras abajo un colchón enmohecido.

—De vez en cuando paso a dar un vistazo, pago los recibos y guardo la correspondencia, nada más —respondió.

—Pero ¿tienes alguna relación con la familia de don Eligio?

Se quedó callado. Resoplaba tratando de jalar el bloque incómodo y sin asideros que se nos resbalaba de las manos.

—Mi abuela... —maniobramos para dar la vuelta al colchón en el recodo del descanso—. Ella trabajó aquí toda su vida.

—Ah, tu abuela debe ser la señora del otro día.

—¿La vio? —preguntó sorprendido. Nos detuvimos un momento.

—Sí, barría el camino que lleva al jardín. Oralia, ¿verdad?

—Ah, le dijo su nombre —sonrió para sí y agachó la mirada—. ¿Y qué más le dijo?

—Nada... Me dijo dónde están los interruptores de la luz —inclinamos el colchón hacia el segundo tramo—. Y nosotros de tontos, batallando con el quinqué el día que trajimos las cenizas de don Eligio... —dije. Noté su desconcierto. Mario se resbaló en uno de los escalones. El colchón se me escapó de las manos y fue a dar al pie de las escaleras, torcido, lleno de polvo. Fuimos a levantarlo y lo apoyamos junto a la puerta.

—¿No sabías que don Eligio falleció? —le pregunté.

—No, pero tampoco me extraña. Sabía que estaba enfermo...

—Pues sí, en parte por eso me pidieron arreglar la casa. Parece que su nieto o su sobrino nieto quiere hacer una ceremonia fúnebre o algo así... Por cierto, ¿te puedo pedir un favor? Necesito un recibo predial y un comprobante de domicilio para tramitar los permisos. Me imagino que debes saber dónde están.

Mario asintió. Parecía pensativo, preocupado. Corrió la puerta de la biblioteca sin dificultad, como que conocía bien las mañas de la casa. Se agachó, metió la mano debajo del escritorio y sacó una llave escondida en el reborde de la moldura. Abrió el cajón del lado izquierdo y me mostró los documentos de la casa archivados en perfecto orden, en carpetas colgadas en ristre, rotuladas por año. Dispuestos por fecha y con su respectivo comprobante de pago estaban los recibos de la luz, el predial y el agua, los avisos y la correspondencia sin abrir. Había también un sobre más abultado que contenía copias y algunos documentos originales: el acta de matrimonio, el acta de nacimiento de las gemelas. Mario me entregó la carpeta más reciente.

—El señor mandaba cada seis meses un giro para pagar algunos de los gastos, aunque a veces no alcanzaba. Yo trataba de llevar las cosas en orden, unas veces pagaba una cosa y otras veces pagaba otra. Parece que don Eligio se enfermó, porque dejó de enviar dinero desde hace más de tres años. Cubrí algunos de los gastos más urgentes pensando que me los iban a pagar después, pero la señora Silvia quiso levantar una demanda en mi contra por invasión de propiedad y no volví a involucrarme. Mi intención no es invadir nada, ya ve usted, si estoy aquí es únicamente por mi abuela, para ayudarle con su compromiso. Nada más. Desde la demanda, los recibos se quedaron sin pagar. Excepto la luz —sonrió como riéndose de la ironía—. Mi abuela siempre ha insistido mucho con eso, que no vaya a faltar la luz.

—Ya veo. ¿Y nunca trataste de hablar con la señora y aclarar el asunto? —le pregunté—. Deberían compensar los gastos, el tiempo que has invertido en cuidar la casa...

—No me lo vaya a tomar a mal, pero prefiero no tener relación con ellos. Don Eligio le hizo mucho daño a mi familia y la señora también nos ha dado grandes disgustos. Si me permite decirlo, sería bueno que mantuviera la distancia con ellos. No son buenas personas.

—Pues a mí solo me contrataron para restaurar la casa —dije tratando de aligerar los ánimos—, pero gracias, voy a tomarlo en cuenta. Y de verdad agradezco mucho que me ayudes, entiendo que no debe ser fácil para ti, con todo esto que me cuentas.

—No hay nada que agradecer. Al contrario, es algo que tengo pendiente y que quiero dar por concluido.

—Claro, entiendo...

Aparté los documentos que necesitaba y seguimos llenando la camioneta de trebejos. Mientras Mario llevaba el primer viaje, yo aproveché para volver a abrir el cajón y tomar nota de las fechas. Subí, cerré culposa la puerta de la habitación, quité las prendas de frío y el fondo falso. Intenté primero con la fecha de la boda de Eligio y Gertrudis. La dividí en cifras de dos números para armar diferentes combinaciones y con mucho tacto fui girando la perilla de un número a otro. Pero la manija no se movió. Tampoco en el segundo intento, ni en el tercero ni en el cuarto, ni con ninguna de las fechas importantes de la familia. Volví a poner las prendas en su lugar y seguí limpiando, como si la gente que había vivido ahí fuera a regresar en cualquier momento a reclamar. Me preguntaba cuál habría sido el daño y el disgusto que causaron a la familia de Mario. Sonaba a que había una intriga, algo turbio y terrible. En todas las familias hay algo turbio y terrible en espera de ser revelado por los hijos de los hijos.

Oralia abrió la puerta secándose las manos en el delantal, dio los buenos días y se hizo a un lado para permitir que entrara el hombre de pantalón claro y chaquetón gris. No tuvo necesidad de anunciarlo. Si es Chava, que pase, le había dicho el señor Eligio desde la biblioteca segundos antes, cuando ella acudía al llamado del timbre. Oralia señaló la puerta junto a las escaleras y dijo el señor lo está esperando. El mecanismo de la hoja corrediza de nogal cedió suave, con un rumor sordo casi imperceptible. Entró y saludó a Eligio de forma efusiva y amistosa. Oralia hizo como que subía las escaleras, pero se demoró en los primeros peldaños. Pegó la espalda al muro y contuvo la respiración.

—¿¡Cómo que te vas el viernes!? ¡Pero si es muy pronto! No nos va a dar tiempo ni de organizar la beberecua, caray.

—Ya habrá oportunidad, hombre, voy a estar viniendo muy seguido. Además, ahora vas a tener donde llegar en Chicago. Tenemos muchos planes pendientes todavía.

¿Por qué no hacemos algo aquí cuando salga tu libro?

—Hecho, ya dijiste. Pues, aunque no lo creas, los voy a extrañar. ¿Cómo está...?

—¿Cómo te imaginas? ¿Quieres ir a verla?

—No, no. Capaz que si voy ya no me dejan salir de ahí —ríen ambos—. No me imaginé que se fuera a poner tan feo el asunto, caray.

—Cosas de mujeres, qué te apuras.

—¿Vas a llevarte a las chicas?

—Sí, se van a Hartford, al Trinity College. Les hará bien que desde ahora se apeguen a una disciplina estricta. Ya ves nosotros.

—¡Huy, sí! La disciplina de cuando le vendías licor a los de segundo —rieron.

—O de cuando te robabas las revistas del sargento.

—¡Ja! La vez que colaste una entre los informes y el mayor la sacó frente a todo el mundo.

—¡Es verdad! Ya no me acordaba de eso. Qué puercas eran esas revistas... Oye, ¿y la nativa también se va con ustedes?

—No, carajo. La estúpida Oralia se la llevó a su rancho y por allá la fue a perder quién sabe dónde. Le dije que la trajera, que dizque para inscribirla en el colegio. ¡Oye, es mi hija!, tengo derecho. Pero ni con eso la convencí a la muy cabrona, ¿vas a creer?

—Ni modo, hombre, no se puede tener todo en esta vida. ¿Qué te parece si el verano que viene voy a visitarlos?

—Me parece estupendo. Las chicas estarán encantadas. Sobre todo María, ya ves que según ella está enamorada de ti...

—¡Ah! Marie, *mon amour...*

La cuarta habitación estaba llena de santos. Abrí, pero no me atreví a entrar. El interior estaba seco, silencioso y en penumbras. Una cortina muy gruesa cubría la ventana. Olía a crisantemo. Entre la sombra reposaban los altares; imágenes, estampas, estatuillas de san Juditas, el Niño de Atocha, la Virgen de Guadalupe, santa Bárbara, san Cristóbal, san Antonio, la Virgen de la Caridad, figuras de barro de dioses antiguos entre vasos de veladora, sahumerios, soperas, manojos de hierbas y copal. En una mesa recargada contra el muro poniente estaba el altar principal. Había también un petate grande extendido sobre el suelo, un camastro con las abolladuras del cuerpo que durante mucho tiempo había dormido ahí, una silla de asiento de paja y en el respaldo el rebozo jaspeado de doña Oralia. La habitación parecía fuera de la casa y del tiempo, como si con solo estar ahí una se trasladara al interior de una cabaña a mitad del bosque rodeada de montañas, niebla y humo de leña.

El día que empezamos a sacar los trebejos de las habitaciones me di cuenta de que Mario miraba hacia la puerta del santuario, tal vez recelando cuál sería mi intención. Pienso dejarlo tal y como está, le dije, al menos mientras pueda. Él asintió con una sonrisa tenue y dijo si quiere le ayudo a limpiar. Fue así que nos quitamos los zapatos, entramos y con actitud reverente fuimos liberando los retablos de flores muertas y veladoras consumidas. Abrimos la ventana, ventilamos el cuarto, quitamos el catre y sacamos a asolear el petate. Él limpió con un líquido verde, de olor perfumado y fuerte que había llevado para ese fin. Sacudió las repisas, las molduras, los hombros de las estatuillas, las tapas de las soperas, el suelo. Yo lavé en la cocina los vasos votivos, los floreros, los sahumerios y los cuencos. Al final volvimos a colocar todo en su sitio, llevamos flores frescas, copal tierno, manojos de pirul, albahaca, ruda y una caja de veladoras que encendimos a cada imagen hasta que ardieron todas al mismo tiempo. Mario se puso a rezar una invocación entre dientes y vi que su nostalgia era tan grande y tan honda que preferí retirarme.

Para limpiar la cocina tuvimos que sacar ollas, trastes y electrodomésticos, descuajar décadas de grasa cristalizada, capas sobre capas de un ámbar oscuro y pertinaz, telarañas, restos de comida, algún líquido que se derramó hace mucho y así quedó. Durante varios días estuve rociando muros, pisos y muebles con desengrasante, bicarbonato, vinagre y jabón, tallando con espátula, cepillo, fibra de metal.

Mario estaba en la habitación de los santos. Me había pedido que lo dejara rezar un novenario. Todos los días, antes de empezar a trabajar, se encerraba un par de horas y la casa se sumía en un silencio profundo y apacible. Yo estaba enfrascada restregando la estufa cuando me sorprendió un silencio nuevo: el murmullo del refrigerador se detuvo y su estertor reveló la presencia del ronroneo que hasta ese momento había pasado desapercibido. ¿Desde cuándo estuvo así? Cuando comencé a limpiar quise moverlo, pero estaba adherido al suelo por la melcocha, y ni siquiera se me ocurrió abrirlo por imaginar que estaría repleto de podredumbres. Pensaba pedir a Mario que cargara con él en uno de sus viajes, así cerrado como estaba, y comprar otro. Aunque sería una pena deshacerse de él, tenía el encanto de una pieza de museo, idóneo para completar el estilo de época. Su diseño de esquinas redondeadas evocaba la perfecta combadura de un huevo. Tal vez era cierto lo que decían acerca de los electrodomésticos de antes, que podían seguir durando y durando porque sus mecanismos y piezas funcionaban con una lógica más simple, más mecánica y fiel. Puse la mano sobre la lámina esmaltada y sentí el pulso de la electricidad. Jalé la manija.

El resorte emitió una queja leve, los imanes crujieron con chasquido de miel seca y la luz en el interior iluminó una blancura insospechada: rejillas y recovecos perfectamente limpios, vacíos los compartimentos excepto por una botella de leche y una batea con tres huevos. Olía a frío y a limpio. Tomé uno de los huevos y fui a cascarlo en el filo de la tarja. Aparté el rostro a la espera del hedor, pero de la abertura escurrió una clara cristalina y una yema tan firme que no se rompió al caer. Estaba fresco. El desconcierto me hizo dudar que hubiera allá afuera, en el fondo del jardín, un gallinero y gallinas ponedoras cuyo cloqueo también había ignorado. En seguida tomé la botella de leche y la puse a contraluz. El líquido parecía terso. Le quité la tapa y acerqué la nariz todavía con recelo: olía a leche dulce. Di un trago y el frío untuoso me llenó la garganta aliviando una sed urgente, apremiando el segundo trago y el tercero y el cuarto, saciando una sed distinta a la del agua, más del estómago que de la boca, más honda, materna.

Exhalaba el goce fresco de la bebida cuando una sombra fugaz obstruyó la luz de la ventana a mis espaldas. Oí voces y pisadas. Dejé la botella en su lugar y me acerqué a la puerta. Era Zuri. Iba acompañado de una mujer menuda y entrada en años. Jaló la puerta para probar si estaba abierta. No podía verme porque estaba oscuro adentro. Yo abrí el mosquitero y quité el pasador.

—Aquí estás —dijo molesto—. Te llamé, pero no contestaste. No podíamos entrar, la puerta de la calle está cerrada.

Reparó en mi desaliño: estaba despeinada, tenía el rostro bañado en sudor y la ropa pringada de mugre. Llevaba guantes, pañoleta, delantal.

—*Who's that?* —preguntó la mujer.
—*The restorer that I hired* —contestó.

La mujer alzó las cejas incrédula y miró con repelús

el desorden de la cocina. Había aplicado jabón y ácido, las paredes estaban escurridas de la mezcla de jabón, ácido y cochambre, el suelo estaba enchamarcado. Zuri no quiso ni detenerse a ver el desastre. Fue hacia la sala y la señora lo siguió al tiempo que preguntaba:

—*Is she trustworthy?*

—*Of course she is, I told you about her, don't you remember...?*

—*Yes, I remember. But I had preferred that no one entered the house.*

Las voces se alejaron hacia el segundo piso. La sangre se me fue a los pies al recordar que Mario estaba en el santuario. Fui tras ellos preparada para lo peor, pero no lo descubrieron. Vi que la puerta estaba cerrada y respiré con alivio. Oí que Zuri y su tía estaban en la primera habitación. Ella enunciaba un número y hacía una pausa. Bajé de nuevo a hurtadillas y me quedé en el recibidor hasta que escuché los gritos airados de la señora, el azote de las puertas del clóset. Volví corriendo a la cocina. La mujer salió a la calle hecha un huracán, vociferando toda clase de altisonancias, diciendo *it's gone, it's gone*. Yo hice como si no me diera cuenta de nada y seguí restregando la estufa. Zuri se asomó después de un rato.

—Wow, veo que has estado trabajando —parecía nervioso, actuaba con desconfianza.

—Sí, y ni te imaginas la cantidad de mugrero que tuvimos que sacar.

—¿Cómo...? —preguntó tenso.

—Contraté un servicio de transporte.

—Ah —pareció quedar satisfecho con la respuesta.

—También contraté a un albañil, ha estado reparando las instalaciones. Por cierto, tengo algunas dudas, ¿puedo mostrarte?

—Ahorita no puedo —respondió—. Tú decide. A las cinco sale mi vuelo, solo quería que mi tía viera la casa.

Yo vine por unas cámaras. También quería dejarte esto —puso un sobre de dinero encima de la mesa—. No es mucho, pero espero que te sirva para comenzar.

—*oK,* trataré de que rinda —dije.

—Me están esperando —dijo y señaló con el pulgar a sus espaldas—. Suerte con los arreglos. Nos vemos en unos días.

Asentí con tristeza. Él se dio la vuelta y se fue.

Seguí restregando la estufa. Cuando estuve bien segura de que se habían ido, me quité los guantes, el delantal y subí. El nieto de doña Oralia ya no estaba y el santuario olía a velas recién apagadas. En la habitación de la mujer vi que había papeles regados en el suelo, arrojaron a la cama la ropa de invierno y una de las puertas del clóset se había salido del riel. El fondo falso estaba abierto, también la puerta de la caja fuerte, el interior revuelto con rabia: viejos documentos, fotografías, baratijas.

Tomé del tocador la cajetilla de cigarros Parisienne y salí al balcón; era muy amplio y velaba la vista de la calle una cortina de helechos ahora secos. A pesar de su descuido, el lugar era perfecto para pensar. Había un juego de butacas de mimbre y una poltrona *pavone*. Oí el crujido de la paja bajo mi peso. Desde ahí se podía respirar el aliento boscoso del parque sin renunciar a la intimidad. Era como estar al mismo tiempo fuera y dentro de la casa. Saqué uno de los cigarros y lo encendí. No quería llorar. No quería sentir lástima por mí, prefería sentir rabia. Aproveché ese lapso de indignación para renunciar a la duda. La gestación no podía continuar y punto. Debía hacer algo. No podía dejar de amar a Zuri, pero podía evitar que llegaran más lejos las consecuencias de ese anhelo equivocado y a todas luces dispar. El cigarro me supo amargo, pero de todos modos me lo seguí fumando hasta que se consumió por completo.

Llegaba sin avisar. Aparecía en el momento menos esperado y me empujaba hacia cualquier rincón donde nos besábamos y me chupaba o lo chupaba yo a él, así de pie, arrinconados contra el muro. En una ocasión estábamos en la cocina y oí que llegaba Oralia. Nos metimos en la alacena y cerré por dentro. Fue una de las veces que más placer he sentido. Entre tantos olores, su olor, la oscuridad y el calor de la comida en sus recipientes. Sacó su miembro, me arrodillé frente a él y me lo metí en la boca primero con suavidad, tanteando su dureza con la lengua y los labios húmedos. Hacérselo a Eligio me repugnaba, pero con él era distinto; su olor me volvía loca y quería comer más, lamer más, clavármelo hasta el fondo de la garganta y contener el reflejo para saborearlo todo. Él también se puso a lamerme adelante y atrás, luego me levanté, apoyé el trasero en el filo de una repisa. Él me metía los dedos juguetones por todos lados y yo asustada de sentir tanta humedad y tanto deseo me entregué con todos mis huesos y toda mi carne hasta sentir que me explotaba la dicha. Cuando más fuertes eran las palpitaciones, él se levantó, agitó su miembro en la mano, me apretó el cuello y me penetró. Al principio fue el susto y la presión en la garganta, que se iba cerrando conforme arremetía, cada vez más, hasta que ya no pude respirar y los anaqueles casi se nos vienen encima. Creí que iba a morirme. Él notaba mi desesperación, pero no me soltaba. Cuando por fin me soltó, dije no puedo más. Entonces me amarró las manos con mecates, me colgó de los ganchos donde pongo a secar las hierbas de olor y me tomó por atrás. Me daba mucha pena por el olor y porque iba a ensuciarme, pero a él no le importaba, creo que hasta lo disfrutaba. Su miembro estaba más fuerte, más firme que otras veces. Cuando acabó, se apartó de mí sin decir nada, pateó mi ropa a un rincón y se fue. Dejó la puerta entreabierta y yo ahí amarrada, desnuda, sabiendo que alguien podría entrar. Quería gritar, llamarlo, pero nomás lloraba en silencio, vencida por el abandono y la vergüenza. No sé cuánto tiempo pasó. Estuve a punto del desmayo cuando oí que abrían la puerta. Era él. Su aliento olía a ginebra. Volvió a besarme. Me habló con palabras cariñosas, como si fuera su perra y me hubiera dejado amarrada en el patio, muerta de sed. Me desató y me volvió a besar con mucha dulzura. Me dio mi ropa y dijo que Eligio había llegado, que se iba con él al club. Yo me vestí y traté de alisarle las arrugas a mi falda de lino. Cuando salí, Oralia estaba asando chiles en la estufa. Le dije que me sentía mal, que iba a tomar una siesta, que cuando terminara fuera a recoger a las niñas y yo rellenaba los chiles. Subí al baño y me vi en el espejo: tenía el pelo lleno de ramas de ruda y pétalos de tanaceto, y nomás de sentir el aroma tuve otro espasmo.

Me hice un nido en el tapanco del cuarto de las niñas. Quité la mesa de noche y junté las dos camas infantiles para formar una sola extensión amplia y mullida. Bajé los muñecos, los cojines y los cobertores, limpié con la aspiradora las ranuras entre las tablas y los colchones que se habían salvado de la humedad gracias a la funda plástica que les arranqué. Cubrí la cama con una lona de algodón, tendí mi bolsa de dormir, sábanas limpias, mi propia almohada y la cobija suave con la que me cubría las piernas mientras leía. Había encontrado en el armario un pabellón de gasa que lavé y tendí al sol para colgarlo del techo del tapanco y dejar caer sus faldas en torno al perímetro del nido, de ese modo lo mantendría a salvo de moscos y bichos.

Por la noche volví a mi departamento a tomar un baño, comer algo y reunir provisiones: lámpara de mano, botella de agua, cargador, libros, pijama, cepillo de dientes. Era la primera vez que dormía en la casa y estaba emocionada, como cuando de niña me dejaban pasar la noche con alguna de mis primas y gozaba la novedad, lo ajeno de ese mundo hecho de otros códigos y otras formas. Pensé que iba a sentir miedo, pero estaba tan cansada que me dormí de inmediato. Tal vez por estar en lo alto me sentía protegida, a salvo de cualquier peligro o pesadilla. Recuerdo que tuve un sueño muy plácido, una armonía profunda lo cubría todo de una luz dorada y apacible: sembraba un aguacatero a mitad del jardín, en un punto exacto. El aguacatero extendía sus ramas, se poblaba de hojas y daba unos frutos pesados, redondos, de sabor exquisito. Cortaba uno y lo abría con las manos. Su pulpa era un oro untuoso cuyo sabor me llenaba de dicha.

Desperté cuando apenas asomaban los primeros rayos de sol. Sentía los huesos atorados por el cansancio de los días que llevaba trabajando sin parar. Bajé al baño y volví al nido dispuesta a seguir saboreando el sueño. Pero ya no me pude volver a dormir. Escuchaba por primera vez los ruidos de la casa: el gurgur de las tuberías, los cristales que craqueaban al recibir el calor del sol, un lejano goteo, los gorriones, el graznido de un zanate, la campana de la basura, los coches muy lejos y los aviones muy cerca, la camioneta del fierro viejo con su repetida cantaleta en el altavoz: se compran colchones, tambores, refrigeradores, estufas, lavadoras, microondas o-algo-de-fierro-viejo-que-vendan. Había llevado mi libro de Austen y el de Paz: El día abre los ojos y penetra / en una primavera anticipada. / Todo lo que mis manos tocan, vuela. / Está lleno de pájaros el mundo.

Sonó la chicharra del timbre. No esperaba que Lico llegara tan temprano. Bajé de prisa, me asomé por la ventana y lo vi frente a la reja con sus tres hijos, los más pequeños. Los cuatro tan pequeños. Abrí llena de lagañas y de culpa. Ellos debieron despertar de madrugada para tomar café, preparar el desayuno, alistar a los niños y llegar a la casa desde muy lejos.

—Hoy no tienen escuela, así que me los traje para acá —despeinó el pelo lacio de uno de los niños.

—Está muy bien, déjelos que jueguen donde ellos quieran.

—Ya saben —les dijo—, no vayan a dar lata.

Ellos rieron sin asomo de malicia. Su carácter era ligero y agradable. Lico los dejó hacer y ellos corrieron hacia el jardín gritando selva. Su presencia se desvaneció entre risas.

—Venga, le muestro...

Recorrimos la casa examinando cada pieza, cada llave, cada ducto, cada instalación. Yo era quien hablaba, él guardaba silencio, asentía, se acercaba, olía, tocaba, rascaba, se levantaba la gorra y se la volvía a poner.

—¿Cómo ve? —le pregunté y me quedé callada a la espera de su respuesta.

—Está bien —dijo—, hay mucho que hacerle, pero está bien. Está enterita, se puede recuperar.

—Me preocupa que la grieta de la bóveda debilite la estructura.

—¿Cuál grieta?

—Aquella de allá —señalé la esquina del techo de la sala, pero el ángulo lucía sólido y homogéneo. Si acaso estaba desconchada la pintura donde había cerrado la cicatriz.

—Le echo un vistazo por afuera ahora que suba a cambiar el impermeabilizante, pero yo no le veo problema.

Las cáscaras de pintura color verde olivo se habían rizado más y se desprendían en copos. Los muros antes salitrosos habían sanado por debajo del reseco tegumento y estaban casi listos para el cambio de piel.

Le expliqué a Lico que no pretendía remodelar la casa, no quería remendarla con materiales nuevos como cuando transforman en hotel un edificio antiguo y pican los mosaicos originales para poner encima losetas que imitan de forma lamentable la piedra, el barro o el mármol. No quería reemplazar los muebles de baño, ni los contactos de luz, ni las chapas de las puertas, ni la herrería ni los grifos. Quería conservar los acabados intactos, remozarlos hasta donde fuera posible, quitar herrumbre y sarro, lubricar, limpiar, pulir. Ambos sabíamos que esa medida no representaba un ahorro, por el contrario, el esfuerzo sería tal vez mayor: reparar en lugar de desechar y poner todo nuevo en aras de conservar la autenticidad del inmueble. Nos llevaría más trabajo y probablemente más dinero, pero valdría la pena. Sabía que Lico entendería y que estaba de acuerdo, podía estar tranquila. Escuché el rumor de la camioneta de Mario y le di instrucciones a Lico para que lo siguiera y compraran lo que hiciera falta para comenzar. Cuando Mario entró, le entregué el sobre con el dinero y los dejé que fueran, que ellos se encargaran del resto. Yo me fui corriendo con los niños al jardín y grité ¡selva!

La restauración es una labor de escucha. Es pararse en el espacio o frente al objeto, acercar el oído y aguardar a que el silencio coloque en la mente la imagen de cómo sería sin el daño. En seguida, la imagen del posible presente: de qué forma el daño y el desgaste pueden sumarse a la belleza del objeto. Se trata de oír la música del tiempo en la materia y entender de qué modo quieren los objetos ser rescatados, qué es lo que quieren hacer con ese tiempo: ¿ocultar averías y recuperar lustre y colores?; ¿lucir con orgullo el deterioro y presumir las muescas de la tarascada del tiempo?; ¿librarse de la pátina y dejar que respiren las horadaciones, rellenar las grietas?, ¿o tal vez de forma mucho más digna añadir la opacidad a su valor y abrigarse bajo su peso? Claro que, aunque suena romántico eso de acercar el oído a la materia, también hay que acercar el oído al cliente y responder a sus caprichos, a veces con toneladas de yeso, pintura acrílica y hoja de oro falsa. Con la casa estaba feliz porque, hasta donde sabía, podía hacer lo que me diera la gana, devolver la funcionalidad al conjunto sin brillos ni parches y dejar asomar por aquí y por allá las pisadas del tiempo. Bien lograda, la restauración es ir en contra del avance natural del caos y el olvido, es contradecir a la muerte al reconocer su paso, abrir la puerta y dejar que atraviese, que cohabite con nosotros. Restaurar es fabricar un bello fantasma.

Una enredadera silvestre de campanilla azul se había apoderado de la mayor parte del jardín y había tendido su manto por encima de las copas de los árboles como tienda de beduino. Abrigados debajo había un limonero, un árbol de nísperos, un aguacate y un cedrón. El costado más largo del predio colindaba con un edificio de cuatro pisos, cuya sombra caía sobre la casa después de las cinco o de las cuatro con el horario de invierno. Al fondo se formaba una escuadra que anidaba toda clase de humedades propiciatorias. El jazmín competía con la hiedra, y una trompetilla de fuego defendía su mancha de sol. En el centro, la maleza había devorado los vestigios de un comedor de metal fundido. Se adivinaba entre las cabezas de burro una sombrilla rota de gajos amarillos y blancos.

Por suerte, las guías de esas plantas eran endebles y no fue difícil arrancar las hierbas invasoras. Envolví en los brazos el manto de campanilla azul que resguardaba las plantas sembradas con intención. Podé con tijeras la hiedra, la trompetilla y el jazmín. Arranqué las guías de chinchilla seca que cubrían una buena parte de la fachada y pensé tal vez sembrar una nueva luego de que blanqueara los muros y limpiara la cantera de los remates.

Doña Oralia llegó a media mañana y empezó a limpiar la tierra para sembrar un huerto en la parte más próxima a la cocina. Había llevado de su almácigo una canasta llena de brotes de romero, albahaca, ruda, lavanda, orégano y artemisa. Aunque la mujer todavía era fuerte, le costaba agacharse y abrir el surco. ¿No quiere que le ayude?, le pregunté. No, muchacha, tú ándate a hacer tus cosas, dijo. Estas las tengo que sembrar yo para que tengan mi mano y me reconozcan cuando venga a cortarlas. Yo seguí aflojando la tierra, arrancando hierbas y abrojos. Más tarde me acerqué y le pregunté: doña Oralia, ¿usted podría ayudarme a conseguir un árbol de aguacate? Ella se me quedó mirando con una sonrisa tierna, como si supiera de mi sueño, y dijo: yo te lo consigo, en mi pueblo se dan los mejores. Siguió trabajando la tierra, y cuando terminó de sembrar entró al resguardo de la casa. Aun cuando fueran impredecibles, sus visitas me hacían sentir confortada. Su presencia le daba un sentido más pleno a lo que Mario, Lico y yo intentábamos hacer por la casa.

Fui hacia donde estaban los hijos de Lico: las rodillas en el suelo, agachado el rostro sobre la tierra como si le hicieran reverencia o le murmuraran un secreto. El sol les iluminaba la cabeza con destellos iridiscentes en el pelo lacio y muy negro. Con lodo elaboraban pequeños ladrillos, pasteles redondos, sopa de flores, tacos de tierra en tortilla de hoja santa. ¿A cómo el taco, marchantita? De a seis y de a ocho. Deme uno de seis. Pagué con una piedra redonda y lisa. La niña rio y siguió revolviendo con las manos la ensalada de pétalos y hojas. Desde ahí, sentada en el suelo con los niños, alcancé a ver entre lo profundo de la maleza una estructura de ladrillo. Fui hacia allá, removí algunas guías y salté entre los arbustos. Aspiré un resuello de sorpresa, abrí los ojos muy grandes y grité: ¡niños, vengan! ¡Vengan a ver! Debajo de la hiedra había una pequeña construcción de adobe con entrada en arco, una puertecita por la que apenas cabía una persona agachada en cuclillas, y en el hueco de la entrada, entre hojas y maullidos, tres borlas de pelusa negra, amarilla, café sobre el regazo de una gata rayada cuyos ojos eran vivas monedas de oro.

Los largos ventanales de la sala, a los costados del tiro de la chimenea, estaban formados por rectángulos de vidrio de conchitas. Uno de los vidrios estaba roto. Aproveché que Lico había extendido la escalera de aluminio para pedirle que lo quitara y llevarlo de muestra a la vidriera, porque me había pasado ya que preguntaba por «vidrio de conchitas» y me mostraban unos diseños horrendos de fondo marino con algas y estrellas de mar. Tenía que explicar: ese vidrio que se usaba en las casas de antes, con textura de calle empedrada o caparazones de tortuga apiñados, y todo para que al final me dijeran que no lo tenían o que estaba descontinuado. Quise probar suerte en dos vidrieras de la colonia Del Valle que surtían a casas de la misma época y con ese mismo tipo de ventanales.

Llevaba el vidrio en la mano y caminaba por la calle del parque hacia avenida Insurgentes cuando vi salir del café Village a una chiquilla de cabello crespo y muy negro. Linda Makina pasó de largo sin mirarme. Llevaba puesta una cazadora verde a la que le faltaba el botón del bolsillo izquierdo. No fui yo, sino mis pasos los que se lanzaron tras ella. Yo hubiera preferido no saber, no haber salido esa mañana, no darme cuenta. Hubiera querido seguir como si no hubiera visto nada y cruzar Insurgentes en busca de la vidriera o volver a la casa. En lugar de eso, mis pasos dejaron de ser míos y mi corazón se hundió en un pozo profundo. Corazón ciego que tiraba de mí como perro desesperado. La chiquilla se detuvo en la entrada de un edificio de departamentos de la calle Boston. Me detuve unos metros más adelante y esperé a que saliera uno de los inquilinos del edificio para lanzarme al interior. Revisé los nombres en la correspondencia, en los catálogos de ofertas olvidados sobre una repisa. Había una Linda María Robles en el 602. Estaba aterrada, pero mis pasos me siguieron llevando. ¿Qué pensaba hacer? ¿Reclamar? ¿Reclamar qué? ¿Corroborar mi sospecha o disculparme por suponer en vano? Quedar como la estúpida que se había dejado dominar por el disparo de los celos. Tonta, mil veces tonta por estar ahí, recargada en el muro, junto a la puerta.

Escuché sus risotadas. Eran ellos. Su tono de burla era tan genuino que sentí con toda certeza que me estaban mirando. No había cámaras ni ventanas que dieran hacia el cubo de la escalera, pero yo estaba segura de que sabían que estaba ahí. Tal vez se había dado cuenta de que la seguía, que había entrado al edificio, y se reían a carcajadas de mi imbecilidad. Oí los pasos de unos pies descalzos y una sombra cortó el filo de luz de la puerta. Oí el golpe bofo de un cuerpo que se apoyaba en la tabla para asomar el ojo a la mirilla. Me arrimé contra el muro todo lo que pude, subí un par de escalones hacia el piso siguiente preparada para huir. Estaba segura de que de un momento a otro abrirían la puerta para completar la broma cruel y burlarse en mi cara. Pero la sombra se fue y los pies descalzos rebotaron hacia el interior. En el suelo, junto a mis pies, había tres gotas de sangre. Abrí la mano tensa y arranqué el vidrio encajado en la palma. Bajé a toda prisa, mareada, en pleno delirio. Salí del edificio. Mis pasos me llevaron de regreso a la casa. Me lavé la herida y traté de recuperar la calma. Solo eran suposiciones. Nada más común que una cazadora verde. Cómo pude atreverme a hacer semejante locura, por suerte la becaria no me había descubierto. Me envolví la mano en una toalla de papel y la sujeté con cinta *masking*. Lico seguía trepado en la escalera raspando la parte alta de los muros y del techo. Las escamas se depositaban lento sobre los muebles y sobre el suelo: paisaje cubierto de nieve. Le pedí que volviera a pegar en la ventana el vidrio roto. Era mejor que las cosas se quedaran así.

A la quinta habitación la llamé el cuarto de los chinescos. El juego de muebles estaba adornado por dos líneas paralelas color oro caladas bajo el brillo lacio de la laca que recorrían el borde de la cabecera, los contornos de las puertas del ropero, las cubiertas de las dos mesas de noche a los costados de la cama, y en cada vuelta hacían un enredo, una especie de nudo angulado y simétrico que repetía sus pases en espejo, de modo que las líneas continuaban paralelas sobre el nuevo linde hasta cerrar un perímetro infinito. A ese motivo, sin saber muy bien por qué, yo lo llamaba chinesco. A la mejor lo vi alguna vez en las hojas de un biombo o en la celosía de las mamparas de algún restaurante chino. A lo mejor lo leí en alguna parte. Lo cierto es que no sabría precisar si ese elemento decorativo en verdad correspondía a la iconografía de ese país y si pertenecía a tal o cual dinastía. Aplicado a un diseño tan occidental como una recámara de cuatro piezas, lo más probable sería que se tratara de una moda de la época, digamos de los años cincuenta o sesenta, que algún mueblero mexicano había utilizado para dotar al conjunto de un lujo exótico bastante torpe. En el catálogo debió llevar por nombre algo como China Imperial Negro Matrimonial, que constaba de una cama con cabecera, dos mesas de noche, un ropero y una cómoda tocador con tres cajones al centro y dos puertecillas a los lados. En el centro de cada puerta había un sello circular trazado también en filetes dorados, un símbolo de buena suerte en el que las líneas formaban un laberinto, también angulado y simétrico, que se cerraba sobre sí. En esa habitación primaba la austeridad, un pragmatismo casi monacal, por no decir miserable. Había desorden y suciedad, sin que la acumulación invadiera los rincones de la misma forma que en el resto de la casa. Los objetos dejados sobre las cubiertas correspondían a los enseres de cuidado personal propios de un hombre más o menos viejo. Un hombre solo. Objetos tales como un tarro de crema Wildroot, un peine de plástico, un desodorante de barra Old Spice con el logotipo de los años noventa, una botella de colonia Flor de Naranja marca Sanborns, un cortaúñas. Era evidente que un hombre parco cumplía en esa habitación con los aspectos más rigurosamente necesarios de alojamiento y cuidado personal. La cama tenía encima un cobertor San Marcos con estampado de caballo a galope en negro sobre azul rey y un cubrecama percudido en el que envolví el tibor. Ahora solo quedaban los lánguidos cojines aplastados en la sombra grasienta del lugar en que alguien estuvo apoyando la cabeza. Al pie de la cama se extendía un tapete muy sucio, y junto al buró, en el suelo, un bote amarillo de talco para pies marca O-Dolex. Una de las puertas del clóset estaba abierta: tres camisas, dos pantalones, ganchos vacíos; abajo, unas chancletas de plástico color café que simulaban cuero trenzado y unos bostonianos Hush Puppies. De uno de los tres cajones escapaba el faldón de una camiseta interior. Suspiré cansada. No había nada en esa habitación que fuera rescatable, iba a ser una lata desarmar la recámara, cargarla escaleras abajo, deshacerse de ella. Por otra parte, la habitación podía ser una confortable estancia de paso entre la casa y el altillo, una extensión de la terraza guarecida de la intemperie, pero abierta al frescor de las malvas y el barro recién regado. La bugambilia de la pérgola regaría un tapete de flores que dejaría rodar al interior. Colocaría en el centro un sillón tipo Bauhaus, unos cuantos libros, una lámpara de pie con brazo largo y pantalla de medio globo que arrojara sobre el sillón una luz cálida, y nada más. Me agaché frente a la cómoda y abrí una de las puertecillas que tenían los sellos circulares. Fue ahí donde encontré el maletín negro lleno de instrumental quirúrgico. Piezas de acero pringadas de excrecencias, cuidadosamente envueltas en paños de lino y gasas.

El disfraz ahora consta de varias piezas: cofia de lana gris, delantal de pechera cuadrada, puños a medio brazo, falda larga de tafetán, medias blancas y mocasines blancos. Salgo de detrás del biombo sin esperar que repares en mí y me encuentro con tu mirada estupefacta. No me reconoces. Te recuperas de la sorpresa sin decir nada y me pides que tome mi lugar en el escenario. Mientras yo me vestía, tú habías dispuesto un fondo de tela negra desplegado entre dos postes, una puerta blanca simulada sobre el telón, una silla y la consoleta de cubierta de mármol con el instrumental. El suelo está regado de periódicos viejos; el color corcho del papel delata el paso del tiempo, las hojas extendidas muestran una que otra fotografía alarmista, la tipografía de los encabezados y el diseño son muy distintos a los de ahora. Me siento en la silla con las manos sobre mi regazo. En esta ocasión no es necesario hacer algo, actuar un papel o un gesto. Solo tengo que sentarme ahí, al fondo del pasillo, como a la espera de alguien. Debo permanecer quieta, con la mirada al frente, como si me fueras a tomar una fotografía del rostro, tamaño credencial. Diriges la luz de las lámparas y las sombrillas que matizan el resplandor. Los vuelos de la cofia me acaloran. Son cuatro lámparas y su luz es muy intensa. Preparas la cámara más antigua, la que parece guillotina. Una estructura de postes y travesaños entre los que se recuesta el fuelle como cuello de noble: el corte transversal de la médula es la lente que mira desde su córnea convexa. Enfocas y tapas la lente antes de insertar la placa en la ranura. Cae la hoja afilada. La placa de nitrato es poco sensible, así que debo permanecer quieta varios segundos para conseguir el efecto que quieres, para captar el espíritu y su halo, como me explicaste mientras me vestía detrás del biombo. Volteo hacia mi izquierda y encuentro la maleta de cuero negro al pie de la mesilla, abierta, como abandonada por acaso. Sobre la mesilla, la charola del instrumental, su brillo macabro de filos y puntas; frialdad que rasga y se clava y hiende. Los dispusiste con toda precisión por tamaño, de chico a grande, clasificados por funciones específicas que pueden inferirse a partir de su ergonomía y utilidad. Los más siniestros son aquellos que no se sabe para qué sirven, dónde encaja qué, dónde se hunde y cómo y con qué fin. Están los que cortan, los que punzan, los que extraen, los que ocluyen, los que drenan, los que sierran, los que separan una pieza de otra, una pieza que pertenece a un cuerpo conectado a una mente por medio de un sistema nervioso, regado por un sistema circulatorio, drenado por linfas, que se unifica bajo un nombre, que posee una conciencia y una voz. Siento un escalofrío y sacudo la cabeza para quitármelo de encima. Me miras y tuerces la boca. Tal vez piensas que no seré capaz de permanecer quieta el tiempo suficiente para que la toma se logre del modo que deseas. Tal vez tu talante se oscurece porque te das cuenta de que todo esto está sucediendo realmente, la ceremonia es real, los seres que convocaste se manifiestan y eso te llena de miedo. Yo también tengo miedo, estoy paralizada. En el momento en que haces la seña con la mano y descubres la lente para tomar la foto, en ese mismo instante siento la sombra de su memoria en mi cuerpo y el miedo me paraliza. En mi mente se impone la imagen de una playa, el mar embravecido, una mujer vestida de luto que me mira al cruzarnos. El signo de *liu* y la fotografía del supliciado. Es ella, la mujer que estoy siendo ahora en este disfraz de enfermera, sentada en esta silla a la espera de... Quieta, no te muevas, dices, y palidezco, quiero irme, quiero correr, pero yo ya no soy yo ni mis piernas ni mi cuerpo me obedecen. El personaje toma posesión de mí y me obliga a permanecer fija frente a la cámara. Soy la mujer que viste de enfermera para representar el burdo artificio de un ser que siente placer en el daño, la viva imagen de la abnegación, el papel de la que somete su cuerpo al suplicio y el corazón al olvido. Siento pena por ella, por la farsa discordante y estúpida que personifica al entregársete muerta como si su valor se redujera a esa cualidad blanda y maleable de romperse entre las manos de quien la destruye. Siento pena por ella, porque ella también es yo.

Ven, querida mía, déjame tocarte, deja que mi mano amase tu busto, que mi lengua juegue con la madera de tus pezones. Dóblate suave a mi abrazo. Ven, alza tu falda, baja tus medias, hoy no voy a romperlas, lo prometo. Acércate. Déjame sorber el aroma de tu boca y de tu cuello. Déjame comer el cartílago de tu oído, frágil como rebanada de manzana. Siente mi peso, mi edificio. Toca, ¿puedes ver lo grande que está? Mira cómo me pones. Ven, déjame metértela. Date la vuelta. Ábrete a mí como fruta que de tan madura puede abrirse con los dedos. Déjame romperte. Agita las caderas, despacio. Voy a apretarte el cuello, pero no temas, no voy a matarte, solo quiero que disfrutes de esta pequeña muerte tanto como yo. Siente cómo me estrangula tu cavidad. No, no gimas. No puedes soltar el más mínimo resuello, pues nos oirían allá abajo y qué dirán los convidados o el idiota de tu esposo. Voy a pellizcar tus pezones duros como perillas de una cajonera antigua llena de secretos y no podrás gemir, voy a entrar en tu otro orificio y tendrás que ahogar el alarido, de lo contrario, qué cara pondría la gente. Di que eres mi perra. Ladra. Vamos, apóyate en el balcón y ladra. Quiero que ladres como una verdadera perra. Ladra o me detengo, me salgo y te dejo temblorosa y caliente como la perra hambrienta que eres. Te gusta, ¿verdad? Puedo sentir cómo te cierras cuando ladras. Ahora más fuerte, que te oigan allá abajo, que piensen que hay allá afuera una perra histérica y desesperada a la que su amo somete agarrada del pellejo del cuello mientras ella lucha por liberarse. Así, muy bien. Fuerte, más fuerte. Que te oigan, que oigan todos que eres mi perra. Ladra, ladra también abajo para que yo me corra y que mi baba tibia escurra por tus fauces.

Lico estaba en la azotea instalando el nuevo tinaco y me pidió que revisara la presión del agua. Abrí la llave del lavabo del baño del segundo piso. El agua fluía abundante y limpia, pero no se iba. Lico se encargaría de desazolvar los bajantes, la salida del drenaje y el registro, pero no quise quedarme de brazos cruzados viendo como la charca en el lavabo se agostaba con lentitud hasta descender sin borboteo por el tubo del céspol. Siempre he pensado que el uso de ácido muriático es un remedio mediocre, recurso de plomeros holgazanes y gente a la que no le gusta arremangarse la camisa. Lo primero que debía hacer era cambiar el céspol. Puse una cubeta debajo, desatornillé la rosca que ensamblaba el tubo al desagüe del lavabo y separé el tubo de la pared. Como era de suponerse, la pieza estaba recubierta por dentro por gruesas capas de baba lamosa mezclada con pelos y restos acumulados durante décadas. Ensamblé la pieza nueva y limpia, no sin antes recubrir la rosca con cinta teflón. Abrí de nuevo la llave, pero el agua se acumuló en la tarja luego de llenar el tubo. Era claro que la obstrucción debía estar más adelante. Volví a quitar el céspol y con las manos enguantadas introduje los dedos en el ducto. Escarbé en la masa de las paredes y extraje una borla pestilente, negra, hedionda. El tubo entero estaba empantanado. Fue una de esas veces en que una empieza y ya no puede detenerse, como si lo tomara personal, una suerte de desafío que representaba algo más, mi disposición para reanimar el espíritu de la casa y ganarme el derecho de habitarla. Recordé entonces haber visto una guía de gusano en el cobertizo, debajo del lavadero. Fui por ella. Introduje la punta en la boca del tubo y comencé a darle vueltas a la manivela para que el tirabuzón enredara las obstrucciones. Se sentía como un procedimiento médico. La guía avanzó un tramo como de metro y medio, y al extraerla se derramó en la cubeta una nueva marejada de suciedad pestilente, completamente negra, tinta de calamar. El olor a caño era insoportable. Tuve que controlar el asco para no volver el estómago. Ya para entonces estaba tan aplicada en la tarea que no estaba dispuesta a dejar el asunto a medias o interrumpir a Lico para que me ayudara con esa minucia. Volví a introducir la guía de gusano. La punta iba tanteando y me daba una idea de lo que encontraba a su paso. Podía sentir cuándo topaba en un recodo o arrastraba una borla de pelusa. Sacaba la guía y de nuevo extraía la suciedad, desprendía los trombos y amasijos de las paredes de los tubos y volvía a introducirla para llegar cada vez más hondo. Era como tener un ojo en la punta de la guía, que me permitía imaginar las oquedades de ese lugar recóndito y secreto de la casa. El gusano atravesó un tapón que parecía más grande y reticente que los anteriores, luego llegó hasta un recodo más amplio donde avanzaba libre. Supuse que había llegado al bajante. Di varias vueltas a la manivela y tiré. Las manos me escocían dentro de los guantes. No me podía tallar la frente empapada de sudor. Los recodos que había librado antes ahora entorpecían la salida del émbolo. El enredo arrastró a su paso restos que caían en la cubeta acompañados de un denso chorro de tinta. El hedor era tan fuerte que me hacía lagrimear. Seguí tirando de la guía de gusano hasta que por fin salió el amasijo de légamo, que tuve que desenredar del tirabuzón con las manos enguantadas. Debía pesar cerca de un kilo. Dentro, ahogado entre sus oscuros tentáculos, apareció el fulgor amarillo y redondo de una argolla de matrimonio.

Me daban asco las cucarachas que había visto asomar por las coladeras, y la hipotética existencia de chinches me había hecho desnudar la casa entera de sus mantos: cortinas, tapetes, ropa de cama, colchones, gobelinos y manteles, todo se lo llevó Mario al vertedero. Sin embargo, la plaga que me atemorizaba más allá de lo racional eran las ratas que infestaban la alacena. Con todo y las medidas que había tomado para mantener el tapanco a salvo, me perseguía por las noches el delirio de comezones falsas y amanecía con horror a bajar los pies al suelo. La casa había despertado de su sueño y parecía estirarse, respirar en un ritmo distinto. Las tuberías regurgitaban olores y la madera tronaba al expandirse con el calor del mediodía o al encogerse con el frío de la noche. Si había suficiente silencio, podía oír cientos de patas rascando intersticios y profundidades con tacto de velcro.

Al principio creí que con mantener cerrada la puerta de la alacena las ratas permanecerían confinadas a ese espacio, pero vi a un par entrar confiadas por la rendija como hechas de materia líquida. Ingenua, tapé la ranura con una jerga y piedras. A la mañana siguiente las piedras estaban desperdigadas. Parecía que mis intentos no hacían sino avivar su ánimo invasor, su descaro. Tenía pesadillas con un mar gris turbio de dientes y rechinidos que me ahogaba en su turbulencia. Necesitaba hacer uso de la cocina. Era absurdo seguir postergando la limpieza de la alacena, pero para eso había que desalojar a sus inquilinos.

Jamás consideré poner veneno y ni por la mente me pasó la idea de colocar papel adhesivo o trampas de resorte. A final de cuentas la casa era el hábitat que había conquistado esa colonia de mamíferos, tan animales como yo y con tanto derecho a la vida como cualquiera, aunque cierto que portadores de rabia, enfermedades bacterianas, pulgas, heces y suciedad. Además, ¿qué haría después? ¿Matarlas con las manos? ¿Enterrar los cadáveres en el jardín? Al principio ni siquiera las notaba, pero al parecer me observaron desde las sombras, se dieron cuenta de que estaba sola, de que sería incapaz de perseguirlas a escobazos y entraron en confianza. Me desafiaban. Paseaban sin pena, ya ni siquiera por la orilla de los muros, sino por medio camino, con andar lento y campechano, se subían a los muebles a refregarse la cara con las manitas y olisquear el viento.

Decidida a enfrentar el problema, llamé al número impreso en un volante de los muchos que arrojan frente a la puerta. Le pregunté a la mujer que contestó la llamada si existía algún método menos cruel que el exterminio para deshacerse de la plaga. Claro que sí, nosotros nos encargamos de todo, no se preocupe, dijo la mujer con una voz tersa que inspiraba confianza. Concertamos la cita. Al día siguiente se estacionó afuera de la casa la furgoneta con el logotipo de un ratón tras un círculo cruzado en rojo. La fumigadora era una mujer de unos cincuenta años, de cabello completamente blanco peinado a la Marilyn Monroe, vestida de overol verde militar con bolsas en los costados y una faja de cargador que acentuaba la redondez de sus formas. Cuando me saludó reconocí la voz del teléfono, suave como la piel aterciopelada de sus mejillas. Estreché su mano y me acogió su mirada compasiva. Cuéntame, en qué te puedo ayudar, dijo, como si el problema estuviera más dentro de mí que entre los muros del edificio.

Le pedí que entrara y ella inspeccionó los rincones mientras le hablaba del caso. Ella me explicó su método de reubicación y control de fauna nociva. ¿Conoces el cuento del flautista de Hamelín? Asentí. Bueno, pues es algo muy similar. Para las plagas mayores, usaré unos emisores de ondas de baja frecuencia que las aturden y las atraen. Eso me permitirá capturarlas en trampas para después liberarlas en el campo. En el caso de los insectos lo mejor es aplicar un insecticida de baja toxicidad para humanos y animales, pero infalible para acabar con cualquier bicho de más de tres pares de patas. La ausencia de alfombras y cortinas descartaba la existencia de huevecillos. Debíamos cerrar puertas y ventanas para ahumar el interior de la casa y esperar cuatro horas, luego de lo cual la señora Miriam entraría a aspirar los restos. Por último, aplicaría un repelente hecho a partir de extractos vegetales, cuyo efecto duraba al menos ocho meses.

Entre las dos bajamos los emisores de baja frecuencia y las trampas. La señora Miriam buscó los lugares estratégicos para instalarlos. Debían quedarse funcionando toda la noche y yo no podía dormir ahí esa noche y la siguiente, mientras la casa se impregnaba de humo, por lo que tuve que volver a mi departamento. Me entristeció ver el descuido en que estaba. La lluvia se había colado por el cartón pegado sobre la ventana rota, el sillón y el tapete de la sala emanaban olor a humedad y encierro. Guardé mis cosas en unas cuantas cajas y le pedí a Mario que me ayudara con esa mudanza ínfima que terminó de cortar cualquier vínculo con el mundo de afuera. Dejé en el buzón la llave y una nota para el administrador escrita en el reverso de su notificación. Faltaban unos cuantos días para que se cumpliera el plazo del contrato. Salí del edificio con los brazos cargados de bolsas y subí a mi coche sin mirar hacia arriba, hacia mi ventana, donde la punta de la cortina escapaba por la ranura abierta para ondear el adiós.

Faltaba rociar el repelente. La señora Miriam llevaba en la espalda el tanque de repelente como mochila de cazafantasmas, el tubo aplicador amagado hacia el suelo, cubriendo con su rocío las orillas, los huecos, los umbrales y el perímetro exterior. Cuando llegó a la puerta de la habitación prohibida, descubrió que la habíamos pasado por alto. Le dije que por ningún motivo podíamos abrir esa puerta. ¿No podría rociar un poco de insecticida por la rendija de abajo?, le pregunté. No funciona así, respondió. Tengo que cubrir todos los rincones, de lo contrario algo podría escabullirse o quedar atrapado. De verdad, no puedo abrirla, expliqué inflexible. Comprendo, dijo la señora Miriam, el único problema es que no podré garantizar que la casa quede completamente libre de plagas.

Cuando la señora Miriam se fue, Mario y yo nos pusimos a vaciar la alacena. Sacamos los anaqueles al jardín, los lavé y los dejé asolear. De la alacena rescaté unas cuantas cajas de lata con diseños de época de sal de uvas Picot, té English Breakfast, garrafones de vidrio ámbar de diferentes tamaños, un mortero de bronce y seis botámenes de porcelana blanca con filete de oro y rótulo de caligrafía muy fina: *Mentha piperita, Acanthus,* quina calisaya. Había tres cajas de madera selladas con clavos que revisamos para detectar si los roedores habían hecho alguna abertura para anidar en ellas, pero parecían intactas. Las dos cajas que estaban abajo tenían cada una doce relucientes botellas de *whisky* Balblair de doce años embotellado en 1965. La tercera tenía la tapa superpuesta. En el interior había solo once botellas de Talisker, faltaba una.

La culpa es una sombra que roe por dentro. A media noche me despierto y la siento arañar los rincones de mi pecho, las paredes del estómago, las costillas; se me clava en la médula, se arrastra de un lado a otro y va sembrando nidos negros que no me dejan respirar.

Se había ido otra vez a Francia sin decirme nada, yo no lo sabía, solo empecé a notar su ausencia. Esta mañana, mientras desayunábamos, Eligio estaba revisando el correo cuando soltó una risa y exclamó: ¡canijo Chava, quién lo viera! Cuando le dio la vuelta a la postal para leer el saludo, vi que era la fotografía obscena de unas *vedettes* de los años treinta. Aunque su vestimenta no revelaba mucho, sus miradas y bocas lascivas me parecieron exageradas, repugnantes. Eligio salió y yo fui a buscar la postal en su escritorio para leer el mensaje: aquí te mandan saludos unas nenorras. ¡Salud, amigo! ¡Que la vida siga siempre llena de excesos!

En ese momento me di cuenta de lo equivocada que había estado, de lo mal que hice al enredarme con ese loco. Yo ya tengo mi vida hecha, debo cuidar de mis hijas, de mi casa. Ellas están por desarrollarse y hay muchas cosas que quisiera compartirles antes de que agarren su camino. Desde ese momento decidí que nunca más haría algo parecido. No volveré a arriesgar lo valioso que tengo por una tontería, por un momento de pasión, por una nada que se pierde en la memoria.

Tuve mi momento, eso está bien, un respiro, una cana al aire, como dicen, pero ahora debo recuperar el control de mí misma y volver a lo que realmente importa. Rezaré mil plegarias: Señor, me he descarriado, perdí el buen camino, pero ya no quiero seguir en pecado. Renuncio al pecado. Renuncio al demonio, renuncio a la iniquidad que ensucia mi alma...

Subo al cuarto de las niñas y les tomo las medidas. Cada que les hago un vestido nuevo tengo que volver a tomarles las medidas: el largo de la cintura a la rodilla, el ancho de la espalda, el largo de los brazos, a ver si el siguiente año ya se les empieza a hinchar el busto. María está subiendo mucho de peso, ha de ser la edad, voy a tener que controlarle los postres y las golosinas. Les enseño varias revistas para que busquen el diseño que les guste. Las veo ir de una página a otra, no en la sección de ropa de niña, sino en la de mujer; miran con embeleso a las modelos, el maquillaje, las piernas largas, los tacones. Silvia dice que quiere un traje sastre. Le digo no, mi amor, busca un vestido, algo adecuado a tu edad. Se me encoge el corazón al ver que María señala una túnica gris de la sección de embarazadas, como si quisiera desaparecer debajo de ese costal de papas.

Las dejo que regresen a jugar y vengo al cuarto de la costura, pero en lugar de buscar patrones y telas cierro la puerta y abro mi librero. Esta soy yo. Veo mis fotos de antes, de cuando era una muchacha pizpireta, leo las cartas que mandaba a mi casa y que se me regresaron, los cuadernos que escribí en mis viajes. Escribo la fecha de este día en una de las hojas de la flor que él me regaló; una rosita de Castilla que debió cortar en algún jardín del vecindario y que aplané entre las páginas del libro de Baudelaire. Mi flor del mal. Aquí tiene que quedarse.

Qué oportuno que existan clínicas con asientos de tela rosa y cuadros con frases estimulantes acerca del valor de ser mujer, salas asépticas donde personal calificado lleve a cabo el procedimiento sin recriminaciones ni juicios, siguiendo un protocolo sanitario, con avances tecnológicos y música ambiental. La recepcionista me entregó un tríptico que explicaba los diferentes métodos y un formulario: edad, peso, fecha de primera menstruación, fecha de inicio de vida sexual, número de parejas sexuales, método de anticoncepción, número de hijos, abortos anteriores, fecha de última menstruación: ocho semanas.

Primero fue el ultrasonido para ver en la pantalla el avance y el estado de las cosas. Después la consulta, la caja de las pastillas sobre el escritorio frente a mí, el vasito de plástico y su trago de agua. Yo iba preparada para una intervención y aquello me pareció de una simplicidad extraña, desconcertante. Escuché las indicaciones: la mifepristona en ese momento, el misoprostol y el analgésico, unas ocho horas después, las medidas para contrarrestar la incomodidad, que podría no ser poca. Asentí a cada una de las indicaciones. Me tragué la mifepristona y guardé en la bolsa el misoprostol, los folletos, la receta del analgésico, las mentas con el logo de la clínica que había tomado de un globo de cristal. Qué pertinentes y qué dulces las palabras «método no invasivo», cuando la invasión es lo que amenaza. Por qué no desde siempre fue así, por qué no así en todas partes, saber que una puede llegar a un escritorio, recibir indicaciones, las pastillas, vasito de plástico, gluglú y regrese pasado mañana, procure que alguien más esté con usted, estos son los números a los que puede marcar en caso de que algo llegara a complicarse, tome muchos líquidos, use una compresa caliente, coma bien, caldo de pollo con verduras, de preferencia. Así de sencillo. Lo difícil sería conjurar al olvido o reemplazar la memoria con versiones azucaradas y bien convincentes en las que el asalto que propició la gestación fuera propiciado por el deseo, el ansia o el amor, un malentendido, cosas que pasan.

Al salir de la clínica sentí que necesitaba un trago. Uno, me dije, aunque al final fueron cuatro. Fui al barecito que frecuentábamos, cerca de la casa de Zuri, y me senté en uno de los bancos altos de la barra. Pedí un jb porque no estaba para lujos, sobre todo si tomaba en cuenta los gastos de la casa y el costo de la consulta. Junto a mí, en los bancos contiguos había dos hombres de cincuenta, sesenta años. Hablaban acerca de una mujer. Se burlaban de ella y de las cosas ridículas que hacía en aras del amor. El más próximo hablaba mientras que el otro se reía entre dientes postizos. Contó que la mujer le había escrito una carta de despedida, atormentada y lastimera, pero robándole de forma indiscriminada las palabras a Baudelaire, haciendo adaptaciones y reconfiguraciones burdas de los poemas y de las imágenes, traicionando el sentido. Se rieron. El que contaba dijo con sorna que lo llamaba «Mi flor del mal» y que la carta decía algo así como: «Habré de olvidarme de ti como te olvidaste tú de mí, habré de bañarme en las aguas del Leteo, habré de enjabonarme tu nombre, tallarlo de mi alma y después dormir para siempre...». Intervino la cita para decir: «Mamacita, si de eso se trata, yo te paso el estropajo». Y volvieron a reírse. El que escuchaba la historia quiso invitarme una copa. Interrumpió a su amigo para decirme: ¿Qué estás tomando, preciosura? Déjanos invitarte algo. Le dije no, gracias, pagué mi cuenta y salí hastiada, apestando todavía al aire de sus palabras. Llegué a la casa, me derrumbé en el nido y me quedé dormida.

Me voy enterando de que regresó de su viaje porque Eligio ayer me pidió que preparara una cena para los cuatro. Según vendrá acompañado de una tal Sara. La verdad es que sí lo extraño, aunque creo que pude ocultar bien la sorpresa y el despecho de saber que anda con alguien más.

—¿Te parece bien si preparo un pato confitado? ¿O prefieres pastel de carne?

—No sé, mujer, tú encárgate de eso. Y dile a Oralia que se lleve a las niñas desde temprano, que se queden a dormir allá con ella. Después iremos a la ópera, hoy estrenan *Turandot*. Chava solo pudo conseguir dos boletos, pero ya veremos.

La comida está casi lista cuando oigo que llega; como de costumbre, mucho antes de la hora. Oralia le abre y él viene directo a la cocina. La sopa de cebolla aguarda sobre la estufa, lista para que la sirva sobre los cubos de queso y de pan ya puestos en los tazones. La juliana de verduras al vapor, el puré de papa serán las guarniciones para los muslos de pato que terminan de dorarse en el horno. De postre iba a preparar pastel de chocolate con salsa de zarzamoras, pero preferí hacer un estrúdel, Eligio lo prefiere. Hasta compré un litro de sorbete de vainilla.

Me lo encuentro en el desayunador. Lo saludo tratando de marcar las distancias, pero en cuanto me ve se lanza a abrazarme y me da un beso muy apasionado que tengo que interrumpir porque oigo que Oralia me llama desde la puerta para avisarme que ya se va. Salgo a despedirme de las niñas. Regreso y veo que él ya se sirvió una copa de coñac. Se lo empina, vuelve a llenar la copa y la deja en el filo de la mesa. Se acerca para volver a besarme, pero me evado con el pretexto de ir hacia el trinchador a sacar la vajilla y los cubiertos.

—Ya me dijeron que vienes con tu novia —le digo con un leve tono de reproche.

—Claro que no, son exageraciones de tu marido. Sara es una amiga, nada más. O qué, ¿no me vas a dejar tener amigas?

—No, yo nunca he dicho eso.

—Nadie podría ocupar el lugar que ocupas tú, *ma délicieuse*. Además, Sara es una estúpida que no sabe cocinar ni un huevo duro.

—Adivina lo que preparé.

—Mmmh... Huele a algo grasoso, dulce...

—*C'est confit de canard*.

—¡Oh! *Mon amour!* Ven acá, déjame darte un beso por esa maravilla. Hueles a nardo; extrañaba tanto tu perfume...

Dejo que me tome por la espalda, que hunda su nariz en mi nuca. Él apoya su miembro en mis caderas, lo siento a través de la tela, no puedo resistirme. Hace a un lado la silla de la cabecera y apoya mi cuerpo contra el filo de la mesa. Me levanta el vestido y mete sus dedos en mi entrepierna calada y dispuesta. Me separa las piernas. Yo le digo no, no puedo.

—Solo déjame sentirte, Ger. Te extrañé tanto...

—No, por favor, lo digo en serio, podría ser fatal. Además, Eligio... —remuevo las caderas hacia un lado para intentar quitármelo de encima.

—Lo sé, *mon amour,* solo medio segundo. Solo déjame sentirte y me salgo, lo prometo.

Me alza la falda y me inclina al tiempo que se desabrocha la ropa. Me toma ambas muñecas por detrás. Me vence hacia arriba los brazos y quedo a su merced. Le digo: ¿qué haces? ¡Suéltame, por favor! Pero al oír mi queja él jala un poco más. Siento mucho dolor, como si fuera a dislocarme los hombros. Apoya sobre mí su peso y aplasta mi cara contra el mantel. La textura del brocado me ciñe la mejilla. Me penetra, me agarra fuerte de los cabellos para que no pueda mover la cabeza y empieza a embestir. Trato de decirle que pare, que Eligio está por llegar, que me suelte, que duele mucho, pero me calla de tajo con un tirón en el pelo y otro en los brazos al tiempo que dice: ¡sh, sh, quieta, perra, quieta, así como estás, así te quiero! Embiste cada vez más fuerte. Percibo el cambio de luz, la sombra que pasa por la ventana. Me retuerzo desesperada, pero él me sujeta más fuerte. Oigo el resorte de la puerta de la cocina y los tres golpes que da el mosquitero contra el marco, el arrastre de las patas de la silla frente a nosotros, el disparo de una cámara. Él gime de placer y en su declive me suelta las muñecas y el cabello. Levanto la cabeza y veo que Eligio alza la copa en el aire para brindar. Se la toma y la deja vacía en el borde. Los dos se ríen como si fueran niños y acabaran de hacer una travesura. Se ríen fuerte, a carcajadas. Lo siento salirse de mí y alejarse de mi cuerpo como quien aparta satisfecho el plato vacío. Se cierra la cremallera del pantalón y se faja la camisa. Quiero decir algo, defenderme, pelear, preguntar. Pero no tengo palabras, solo llanto. Me jalo la falda para cubrirme el trasero. Siento que mis rodillas no responden y caigo al suelo. Oigo su risa, su conversación insulsa. Entre las patas de las sillas los veo alejarse cantando *In questa reggia, or son mill'anni e mille, un grido disperato risonò...*

La enfermera te sonríe. Dibuja un gesto sugerente y tú te acercas, le acaricias hacia atrás el pelo y el roce de tu mano arrastra la tela de la cofia. Siento el alivio del aire fresco en el cuero cabelludo, aunque las lámparas siguen encendidas y emitiendo calor. La enfermera deshace el moño del delantal y tú le ayudas a quitárselo, también la falda de crujiente tafetán, te demoras en las medias. Ella abre sus muslos frente a tu cara y te sonrojas. Se queda solo con la escotada camisola de algodón como si se preparara para dormir. Se sacude el pelo en la espalda, quiere que la mires, que mires la piel desnuda de su cuello y de sus hombros. Puedo percibir tu deseo, pero te contienes para ir a hacer los ajustes y tomar la siguiente fotografía. Ella avanza hacia la sombra, se echa sobre la otomana con una dejadez felina y plácida. Sabe su papel. Sabe lo que sucederá a continuación y disfruta cada instante que nos lleva hacia la culminación. Sabe lo que debe hacer con la charola que hay en el suelo. Tú debiste disponer su contenido desde antes de que comenzara la sesión y, mientras lo hacías, mientras visualizabas en tu mente el resultado, pensabas en el título de la foto: *La fumadora de opio.* Tendida de costado, la enfermera deja caer su mano izquierda y toca con el índice las tapas de las diferentes vasijas, una de bronce decorada con florituras, otra de porcelana blanca, otra de cristal de Murano. Observa el largo filamento con escobetilla en la punta que sirve para deshollinar, una cuchara de cuenco redondo y mango de hueso bruñido, un mechero de vidrio lleno de combustible, un encendedor, una jeringa antigua con aplicador de metal y ampolleta de vidrio, una liga de hule. La pieza más importante del conjunto es una larga pipa de marfil con dragones entre nubes y chinos calvos de mirada lasciva tallados en relieve. Parece una flauta transversal. El cubilete de la pipa ya está preparado con una medida de «rebanada de cuervo». Ella se incorpora sobre el codo derecho, enciende el mechero, lo deposita de nuevo en la charola, toma la caña, acerca el cubilete a la llama y aspira el humo acre tres veces. Me hundo. Me concentro en el chipitear de las gotas en la ventana. La piel de mi mejilla se funde con el terciopelo de la otomana. Siento que mi cuerpo cada vez queda más lejos: el picor en la piel, la gravedad de cada músculo, una leve náusea que alcanzo a controlar. Ella cierra mis párpados y se entrega a su sueño.

Tú, mientras tanto, mueves las lámparas e instalas la Graflex frente a mí. Me pones un almohadón en la espalda. Es un almohadón grande, puedo sentir en la espalda las borlas de áspero cordón dorado. Recoges los faldones de la camisola y levantas mi peso para sacarla entre mis brazos lánguidos. Sé que mi piel debe sentir frío, pero no lo percibo, lo sé, es un frío mucho más denso, como si me sumergiera en un estanque de agua helada. Me acomodas de costado. Haces una bola con la camisa para ponérmela detrás y que mi pubis mire hacia el frente como *La odalisca* de Fortuny. La cabeza mirando hacia arriba. Me doblas ligeramente las piernas, me acomodas los pies y las manos: el brazo izquierdo suelto junto a la charola con la pipa, el derecho recostado sobre la curva de la cadera. En la mano extendida me colocas un objeto rugoso, de picos ásperos. Un objeto de textura orgánica, pero muerta, seca. Por último, colocas algo plano y pesado detrás, a modo de fondo. El humo recorre los intersticios de mi cabeza, bifurca la realidad y descubro que puedo irme por una de sus ramas. El ansia de escapar de la ceguera de mi cuerpo me hace despertar dentro del ojo de la Graflex. Desde ahí puedo verme desnuda, recostada bajo la luz, sobre mi mano una estrella de mar, en el suelo la charola con la pipa y las vasijas, la otomana, el almohadón con sus borlas doradas. Detrás, a mi espalda, pusiste la pintura aquella del mar embravecido que estaba en la biblioteca. Veo tu pupila en la mirilla. Ajustas el enfoque. Oigo otros pasos. No eres tú, tú estás plantado detrás de la Graflex y los pasos avanzan lento desde la entrada con taconeos firmes cada vez más audibles. Haces la primera toma. El obturador se cierra un instante y cuando vuelve a abrirse él está ahí: el hombre con bata de cirujano está sentado a mis pies, sobre la otomana. Su mano temblorosa y llena de ansia a unos milímetros de mi piel. Me contempla, se bebe con la mirada el sueño de la enfermera. Quiero huir. Quiero huir, pero mis pies se hunden en arenas movedizas y el mar amenaza con tragarme. Quiero huir. Haces otra toma y en el momento en que el obturador se abre siento el tacto de su mano sobre la mía.

Cierro los broches de la maleta, me pongo los zapatos de piso, tomo mi bolso, dejo la nota en el escritorio de Eligio y llamo al taxi desde su extensión. Me dice que llega en unos minutos. Tengo que hacer las cosas de manera automática y sin pensar, de otro modo no podría soportarlo. Voy a la cocina a pedirle a Oralia que vaya por las niñas al colegio, que por favor se haga cargo de ellas hasta que el señor llegue y le dé nuevas instrucciones. Ella me mira de manera comprensiva y calla, me da la bendición como si supiera que me voy lejos. Espero a que vuelva a la cocina para ir hacia la salida. Me pongo los guantes, tomo la maleta que escondí tras la puerta y salgo a la calle. Veo que el taxi se estaciona en la esquina y subo deprisa al asiento de atrás, el corazón acelerado por el miedo de que Eligio llegue, de que alguien me vea. A la terminal de autobuses del norte, le digo al conductor. Se pone en marcha sin preguntar si salgo de vacaciones a ver a mi familia, si voy yo sola, si estoy casada y tengo hijos. Agradezco su silencio y miro pasar la ciudad por la ventana. Siento que de algún modo todo se ve distinto desde esta libertad.

Encuentro sin esfuerzo el módulo de los Flecha Amarilla, el número de sala, el andén donde espero el camión que ha de llevarme a mi pueblo. Le entrego la maleta al botones y abordo. Pedí que me dieran ventanilla. Estoy nerviosa. No quiero que vaya a tocarme de compañero de asiento algún viejo sinvergüenza o una de esas señoras que quieren averiguar toda la vida de una. Pero el autobús va medio vacío y nadie se sienta junto a mí. Estoy emocionada como si fuera una jovencita. Poco a poco los edificios van quedando lejos para dar paso al paisaje boscoso. El sol comienza a declinar. Las niñas ya deben ir llegando a la casa, Eligio dentro de un par de horas más. Entrará a su estudio y leerá la nota. Siento el vértigo clavado en mi estómago como un disparo de cañón y su fuerza es lo que me lleva lejos, a toda velocidad.

Cuando por fin mi corazón se calma, caigo rendida en un sueño profundo, como si no le debiera nada a nadie. Siento un cansancio y una pesadez que van más allá de mi cuerpo. Duermo, despierto, veo el paisaje con los párpados entrecerrados y vuelvo a hundirme dando de cabezadas. Despierto cuando empiezo a reconocer la luz, el contorno de los cerros. Mi espíritu se reanima con este paisaje y esta luz. Cuento los años: quince. Tan solo de ver nuevamente esta tierra me siento como un árbol arrancado cuya raíz vuelve a donde pertenece.

Entramos al pueblo, ya casi una ciudad, tan cambiado que no reconozco las calles, los negocios, los colores. El autobús llega a una terminal que construyeron hace poco. Antes llegaban a la calle del mercado y nomás había que caminar tres cuadras hasta la casa de mi mamá. Bajo desorientada. Un viejo me quita la maleta de la mano y me lleva hasta el sitio de los taxis. Me dejo llevar. El hombre me pide que le pague y yo le pago una cantidad ridícula por haber cargado cien metros con mi maleta, cuando la podía haber llevado yo. El taxista también me cobra una cantidad exagerada por recorrer una veintena de cuadras. Casi no me queda dinero. Acá pediré que me presten o buscaré la manera de ganar algo, ya veré cómo. A pesar de este inconveniente y de la angustia que tengo por haber dejado solas a las niñas, me siento ligera como un papel de China. Por ahora necesito recuperarme lejos de ellas, no quiero que me vean así, que sepan que estoy mal. Ya tendré tiempo para pensar qué hacer. Ahora que me instale en casa de mi mamá voy a mandar por ellas.

El taxi llega a la calle de mi infancia, se detiene afuera de la casa donde crecí y el corazón se me vuelve de piedra: las ventanas están tapiadas, el portón clavado con tablas, la fachada está cayéndose a pedazos y hay hierba creciendo entre las tejas. El taxista me pregunta si no voy a bajar. Y me bajo. Espero a que se vaya para empezar a caminar. La casa de mi tía Sarita queda tres cuadras más arriba. Ojalá estuviera aquí el botones de la terminal para que me ayudara a cargar la maleta y que desquite lo que le pagué. Paso junto a una panadería y compro algo de pan dulce para no llegar con las manos vacías. En eso se me fueron los últimos centavos.

La tía Sarita no ha cambiado nada. En veinte años no había dejado de usar las mismas blusas negras abotonadas hasta el cuello, las mismas faldas de gabardina lustrosa, el cabello recogido y la cara hosca desde que mataron a mi tío, que andaba peleando con los cristeros. Creí que iba a sorprenderse al verme, pero más bien exclamó Ave María purísima y me miró como se mira una desgracia.

—¿Pero qué haces aquí?

—Vine a visitarlos, tía.

—A visitar a quién, si ya no queda nadie.

—Pues a usted, tía.

—Ay, mija, no digas tonterías. A ver, pásale. Déjame ir a poner agua para nescafé.

Supe cuándo murió mi papá porque mi hermana Lupita me habló por teléfono y me dijo que lo habían asaltado y le habían llenado de balazos el cuerpo. Me pidió que por favor no viniera al sepelio para no darle un disgusto más grande a mi mamá, y es que cómo iba a entrar al templo o al camposanto así en pecado, sin haberme casado por la ley de Dios. Tuve que llorar a mi padre desde la distancia. No se había cumplido el año cuando mi mamá lo siguió con el pretexto de una neumonía. Fue lo mismo, Lupita me llamó y me dijo que mejor me quedara en México y que allá rezara lo que tuviera que rezar, que mejor viera por la salvación de mi propia alma antes que por la de mi madre, que murió siendo una santa.

Contaba con que alguien se habría quedado en la casa, pero mi tía Sarita dice que todos se fueron yendo con sus familias. Después de que mi mamá murió vendieron el rancho, se repartieron las utilidades entre los hermanos y una de las partes la repartieron entre las hermanas mujeres. Cada uno agarró su camino, ninguno quiso quedarse en el pueblo.

—Dime, pues, qué te trajo para acá de regreso —pregunta mi tía ya que nos estábamos tomando el café, sentadas en la mesa de la cocina.

—Pasaron cosas muy feas, tía. Con Eligio. No puedo seguir con él.

—Pareces mocosa, ¿voy a creer? —soltó una risilla de burla que me hizo hervir la sangre—. Las cosas siempre se complican, pero hay que aguantarse. Una debe aguantar lo que sea con tal de estar con sus hijas, de darles un hogar respetable.

—No, tía, es que no sabe usted...

—Lo sé como si me hubieras contado cada detalle, ¿a poco piensas que nací ayer? Sé lo que pasó y lo que va a pasar, pero ni eso ni nada justifica que abandones a tu marido y a tus hijas.

—No, si a ellas no las pienso abandonar..., nomás que encuentre el modo me las traigo.

—¿A qué, Duda? ¿Te las vas a traer a este hoyo del diablo? Ellas tienen su vida allá, necesitan a sus padres juntos, no te das cuenta del perjuicio que vas a hacerles si te las traes. Además, ¿de qué vas a vivir?

—No sé. Estaba pensando poner un negocio.

—¿Tú sola? Cómo vas a vivir tú sola, sin un hombre, Gertrudis, estás loca.

—Con todo respeto, tía, pero usted vive sola...

—Pues por eso mismo te lo estoy diciendo, muchacha, como que sé de lo que hablo. Óyeme bien. Te puedes pasar aquí una semana y descansar todo lo que quieras, pero después de eso te me regresas. No hay nada aquí a lo que puedas quedarte.

Para lavar el instrumental de acero quirúrgico es necesario emplear un detergente multienzimático o jabón neutro disuelto en agua desmineralizada, a razón de 7,5 mililitros por cada litro. No deben utilizarse agentes corrosivos, abrasivos o ácidos, tampoco solución salina o medios alcaloides. No hay que olvidar el uso de guantes desechables de látex para evitar cualquier posible contaminación. Primeramente se desarticula y desensambla cada uno de los instrumentos; hay que abrir las mandíbulas de las pinzas de hemostasia, separar la caja de traba, limpiar de forma meticulosa las comisuras y las muescas, retirar la hoja de los bisturís y depositarlos en un recipiente especial para desecho de objetos infecciosos punzocortantes. Se deben sumergir por completo las anillas y los mangos, y se deja reposar el instrumental en la solución al menos veinte minutos antes de tallar con un cepillo de cerdas de nailon. Finalmente, los instrumentos se dejan secar sobre una toalla limpia, de preferencia de algodón, cuidando que queden extendidos y a buena distancia unos de otros, antes de proceder a su esterilización.

Llegué con la tía Sara el miércoles. Esa noche, en una habitación que olía a polvo y cosa guardada, dormí como no lo había hecho en mucho tiempo. Sentí que al recuperar la que era antes de casarme mi alma volvía a ser niña y se limpiaba. No podía olvidar lo que me habían hecho, pero podía hacer de cuenta que estaba muy lejos de mí, como si quien lo había vivido fuera otra. En una semana encuentro el modo de vivir aquí, pensé. Podía hacer pan en el horno de leña de la casa de mi mamá y venderlo, pedir prestado y comprar leña, huevo, leche, un costal de harina y otro de azúcar. No necesitaba más. El jueves fui a la casa de mi mamá, abrí cajones y anduve reviviendo nostalgias, intenté echar a andar la cocina. El domingo en la tarde llegó Eligio. Regresé del mercado y al entrar a la casa de mi tía oí su voz, platicaban en la sala. Quién sabe cómo le hizo para dar conmigo. Mi tía al verme se levantó y dijo bueno, pues yo mejor los dejo solos para que hablen. Cuando termines, vienes a mi cuarto, por favor. Eligio se acercó para abrazarme y yo le saqué la vuelta. Cómo serás exagerada, mujer. Explicó que no había sido más que un juego; de adultos, pero juego al fin. Cuando intenté alegar, me respondió que yo había estado bien dispuesta desde el principio, insinuando que sabía todo lo que había pasado con Chava. No pasa nada, mujer, son cosas que hacen las parejas para no aburrirse, o qué, ¿me vas a decir que no te la pasaste bien? Yo no voy a reprocharte nada, Duda, somos gente de mundo, de criterio abierto, estamos mucho más allá de las mojigaterías que te enseñaron de niña. Ahora que, si no te gusta, lo respeto, nos olvidamos del asunto y sanseacabó. Eso sí, déjate de berrinches, que las niñas te necesitan. Me entregó unas tarjetas que ellas habían dibujado con lápices de colores: una casa, un árbol, un pájaro en el cielo, *I love you, mommy,* un corazón rojo, un sol feliz.

Fui al cuarto de mi tía a avisarle que me iba y a darle las gracias. Ella me dijo cierra la puerta, ven, siéntate. Dime de una vez lo que me tengas que decir. Ya no pude más y me desmoroné. Tía, no sé qué hacer, estoy esperando un hijo, le dije y me eché a llorar. Ella se quedó callada, como si lo hubiera sabido desde el principio. Esperó a que me calmara y dijo para todo hay remedio, mija, tú haz lo que tu marido te diga, confía en él, obedécelo hasta la muerte. Para las mujeres no existe nada peor que la soledad, ¿me oyes? Ni la peor de las torturas se compara con la soledad. Me dio un abrazo forzado y tieso, como de rama. Luego me soltó, se levantó de un salto, casi contenta, y dijo ¡ah, pero ni te apures! Tienes algo que hará que se quede contigo a pesar de todo. Fue y abrió el baúl al pie de su cama. Sacó una lata de galletas y me la entregó. Pesaba como un meteorito. Es la parte que te tocó de la venta de los terrenos. Tu madre me encargó que la guardara. Se suponía que debían dártela después de que me muriera, pero mejor te la entrego de una vez. Nomás que quede claro que no quiero volver a verte por aquí, ¿entendido? Olvídate de que existe este pueblo. Donde insistas en dejar a tu familia, yo misma me encargo de que tu marido se quede con todo. Agaché la mirada y asentí. Ella hizo un gesto con la cabeza hacia la puerta para despedirme y dijo ándate con él. Espero que no tengamos que volver a vernos.

Desde la perspectiva de la cámara, la composición tiene forma de mariposa con las alas abiertas: las rodillas dobladas, los pies apuntando hacia fuera como puntas de alas y en el centro la abertura a la espera de la intervención. Alguien sube el volumen de la música. Suena una canción tipo cabaret, la voz empalagosa de Peggy Lee. Duda aprieta la mano del hombre que hace de testigo y se miran antes de que todo comience. Él trata de calmarla, le murmura unas palabras al oído, le acaricia la frente y sonríe. Se aleja hacia una de las ventanas de la arquería con las manos en los bolsillos de su traje de *tweed*. Observa nervioso una mosca que rebota contra los cristales. El otro, el fotógrafo, tiene la cabeza oculta tras la cortinilla de la cámara de fuelle. Abre el obturador y hace estallar el polvo de magnesio en la placa. El médico toma su posición frente a la abertura. Procede a separar las valvas del espejo vaginal para introducir el dilatador, la pinza de Pozzi, luego la cureta con asa de seis milímetros, la de ocho y la de doce. Barre con precisión la cavidad hasta escuchar el característico sonido denominado grito, acompañado de la textura áspera que indica que el material ha sido desalojado por completo. El procedimiento dura poco más de un minuto. Fluye el torrente oscuro por el borde de la mesa, gotea en la palangana dispuesta para ese fin, se pringan los periódicos extendidos sobre el *parquet*. El médico procede entonces a retirar las gasas y a envolver el instrumental en paños de lino para guardarlo de nuevo en su maletín de cuero.

El dolor me soltó por fin al tercer día. Me había pasado el fin de semana entero entre la cama y el inodoro. Por suerte, el baño del segundo piso estaba listo, limpio y recién pintado —blancos los azulejos de la mitad para abajo, y arriba un azul intenso como cielo de Zacatecas—, la cerámica y el piso recién pulidos, nuevos los accesorios. A ratos me amparaba al alivio del agua caliente que dejaba correr con los hilos de la madeja que se me deshilaba dentro. Bebía electrolitos y acompañaba los medicamentos con un sándwich o unas galletas, para volver a hundirme en un sueño hondo y completamente ciego. El lunes desperté con el sol en lo alto y las tripas alborotadas con el olor que provenía de la cocina: cebolla y ajo acitronados en aceite, tomate que sazona, carne que se ablanda en el hervor.

Al salir me sorprendió la nueva amplitud del pasillo y de la estancia de doble altura conquistada por la luz; un vacío como de hoja de papel. Escuché voces allá abajo y fui en busca del olor y del chacoteo alegre. El rebozo de Oralia estaba colgado junto a la puerta que daba al jardín, enseguida vi su espalda ancha y sus trenzas grises, entreveradas con listón. Removía el contenido de una olla puesta al fuego, mientras que Mario picaba un manojo de cilantro sobre la mesa.

—Buenos días —dije con voz tímida.

—¿Días? A estas horas ya hay caldo en las fondas —increpó doña Oralia con tono bromista.

—¿Cómo sigues? —preguntó él. Le había dicho que estaba enferma del estómago.

—Creo que ya bien, gracias. Huele muy rico, muero de hambre.

—Ándale, ve a llamar a Lico y a los niños para que se laven las manos, que ya vamos a comer.

Lico estaba en el altillo. Había terminado de limpiar el *parquet*. Los niños jugaban en la terracita. Vengan a lavarse la cara, les dije al ver que estaban todos jaspeados de pintura blanca. Ellos se rieron y dijeron que no. Somos apaches, dijo la niña y le pintó dos rayas blancas a su hermano en los cachetes. ¿Y las plumas?, les pregunté. Los apaches llevan un penacho de plumas en la cabeza. Mientras Lico terminaba de limpiar y de recoger el material, yo arranqué unas hojas del tulipanero y las pegamos con cinta *masking* en tiras de periódico que nos ceñimos en la cabeza. Fuimos a lavarnos las manos entre risas, aventándonos gotas de agua, y bajamos las escaleras corriendo, dándonos palmadas en la boca para hacer un intermitente alarido de guerra.

Los niños siguieron correteándose en la sala. Yo conecté la consola, puse el disco de Los Teen Tops y bailamos «mi amor entero es de mi novia Popotitos» hasta que doña Oralia me llamó para pedirme que llevara los platos. Aquí nomás, sí cabemos, dijo y nos apiñamos en torno a la mesa de convento. En el centro había queso de rancho, aguacate, salsa. Lico les enseñaba a los niños a hacer rollito la tortilla: la extendía sobre su mano, doblaba un filo sobre sí y en un rápido arrastre formaba un cilindro compacto al que le encajaba los dientes. Ellos trataron de imitarlo, pero sus manos todavía eran muy pequeñas y se reían de sus fallidos intentos. Oralia servía en platos hondos un caldo humeante de suculento olor a carne y verduras. Huy, caldo levantamuertos, exclamé cuando me entregó el primer tazón y ella soltó la carcajada. *Oi* esta, le dijo a su nieto, dice que es caldo levantamuertos. Ambos se rieron de buena gana y me reí yo también aunque en ese momento no entendí el chiste. Nos sentamos todos a la mesa.

—¿Tú no vas a comer con nosotros? —le pregunté a Mario al ver el espacio vacío frente a él.

—Él no puede —contestó Oralia—, tiene que llegar con hambre a su casa, si no así le va con su mujer.

Mario asintió y sonrió, con las manos bajo la mesa.

—Vete ya, mijo, que ya casi es hora. Acuérdate que mañana es el último día del novenario.

Mario se levantó, besó a su abuelita en el pelo y se despidió de nosotros, que seguíamos comiendo.

—¿Qué va a hacer cuando termine acá? —le pregunté a Lico.

Él masticó despacio el bocado y se tomó su tiempo para contestar.

—Yo creo que vamos a cruzar. Allá del otro lado están ya mi mujer y mis otros hijos. A ver si con lo que salga de aquí nos alcanza para el viaje.

—¿Y usted, doña Oralia?

—Nooo, yo al otro lado ya no quiero ir. Ya estuve allá una vez y me devolvieron.

—¿En serio?

—Me fue de la patada. Mejor ni me hagas acordarme de eso.

—Bueno, pero me refería más bien a que si piensa quedarse aquí en la casa luego de que terminemos.

—Ah, pues depende... —pensé que iba a agregar más, pero se quedó callada y después de un rato preguntó—: ¿Y tú qué vas a hacer, chamaca?

—No sé. Creo que quiero ir a ver a mi papá —me oí decir y era como si la idea me hubiera nacido de la boca, porque ni siquiera se me había ocurrido antes—. Podría ponerme a trabajar allá un par de meses, a ver si acabo mi tesis de una vez por todas.

Doña Oralia partió una rebanada de aguacate y me la ofreció, prendida la pulpa en la punta de la cáscara. Estaba en su punto.

—Es de los de mi pueblo —dijo—. Por cierto, allá afuera está el arbolito que me pediste.

—¡Ah! ¡Muchas gracias! Hoy mismo lo planto.

—Nomás apúrale, que se hace de noche.

Había cruzado la frontera en la cajuela de un coche, con cuarenta y ocho grados a la sombra. En la ciudad de Houston tomó un autobús que la llevó hasta Nueva York. Sin detenerse a descansar, comiendo lo que podía en los paraderos del camino, siguió hasta Hartford, buscó el Trinity College, se refugió en un callejón durante varios días y estuvo rondando los jardines del colegio hasta que las vio salir, vestidas de uniforme, más iguales que nunca, acompañadas de otras veinte niñas más altas y más rubias que ellas. Siguió al grupo. Caminaron en fila doble hasta la ribera del South Brook River, donde se dispersaron para jugar y hacer un pícnic. Se acercó con sigilo, el rostro cansado, las trenzas revueltas, la voz cascada por la sed. Llamó a María, quien al reconocerla la estrechó en un abrazo hambriento y un grito de júbilo. Le pidió que bajara la voz, nadie debía enterarse de que había ido por ellas para llevarlas de regreso con su mamá. Le pidió que llamara a su hermana, que se alejaran sin que lo notara nadie. Le pulsaba la sangre por el miedo y el cansancio. Las gemelas se separaron del grupo sin ser vistas y fueron hacia donde estaba la mujer. Pero Silvia se detuvo a tres pasos de distancia. A María no le importó el aspecto deteriorado de su nana y sin escrúpulo alguno fue a abrazarse de su cintura. Silvia dio un paso hacia atrás. La mujer le hizo un gesto con la mano para que se acercara, para que confiara en ella y pudieran darse a la fuga. Pero la gemela dio otro paso hacia atrás, miró sobre su hombro en busca de algún adulto de los que estaban a cargo. Oralia la llamaba, le decía iremos con tu mami, ¿no quieres ver a tu mami? Pero Silvia dio un tercer paso y gritó ¡*miss* Bety! Oralia intentó escapar, pero María no quería soltarla, rodeaba su cintura con ambos brazos. Silvia volvió a gritar ¡*miss* Bety!, esta vez con un tono más agudo. Oralia sintió que se le aflojaron las rodillas cuando vio acercarse la figura aria y espigada de la institutriz. Iba a hacer un último esfuerzo por huir cuando vio que los ojos claros de *miss* Bety se clavaron en ella como garras de águila. El asunto causó gran revuelo en el condado porque no pasaba nada nunca. La policía aprehendió a Oralia, la encerraron en una celda y, cuando por fin el traductor se dignó a aparecer, la interrogaron. No fue de gran ayuda la versión de las cosas que quiso contar. El padre de las niñas se hizo presente en la comisaría por la mañana, como a eso de las once. Vio a la mujer detrás del falso espejo y declaró con voz firme, en claro inglés, que no la conocía, jamás había visto a esa mujer y no tenía relación alguna con ella, directa o indirecta. Ignoraba el motivo que podía haber tenido para intentar el secuestro y estaba dispuesto a levantar cargos en su contra por la agresión, aunque el proceso debía seguir en México debido a la nacionalidad de ambos. El hombre dejó a cargo a su abogado y se fue. La mujer pasó en la celda un par de noches, hasta que llegaron por ella, la subieron esposada en una camioneta oficial y salieron a carretera. El viaje de regreso fue largo y hostil, apenas si le daban agua o algún alimento y en dos ocasiones se orinó encima porque no le permitieron bajar al baño. Cerca de Beaumont intentó escapar, pero se dieron cuenta y uno de los oficiales, el que tenía mejor puntería, le disparó. El otro lanzó una queja llena de fastidio por haber viajado desde tan lejos y que al final no sirviera de nada.

Lico estaba dando la segunda mano de negro a la herrería. Conforme él iba terminando con cada habitación, yo disponía el nuevo acomodo de los muebles y los objetos, las cosas que se quedaban y las que no, las que tenía que reparar o limpiar. Lo indispensable estaba resuelto, ya solo sería cuestión de que la vida se asentara poco a poco en el espacio. Había fuego y agua limpia; había luz, había música; las plantas que crecían en los balcones; las verduras y el queso aguardaban frescos en el refrigerador. Se podía llevar una buena vida entre esas paredes. Sin embargo, entre más lo pensaba más ganas me daban de ir a mi ciudad y ver a mi padre. Tal vez la restauración me había despertado la nostalgia del hogar en un sentido recóndito e intangible. Era absurdo que después de tanto esfuerzo por volver habitable la casa me hubiera entrado de pronto aquella extraña urgencia por dejarla. Había algo que me inquietaba, que me devastaba por dentro, un vacío que carcomía sus propios límites; cascarón de un huevo que se abría hacia la nada.

Salí al jardín con la pala en la mano. Junto a la puerta de la cámara prohibida me esperaba la rama del aguacatero, la raíz envuelta en una bolsa de hule negro. Traté de calcular por la distancia entre los muros y el pretil el lugar exacto donde había plantado el árbol en mi sueño. El agujero tenía menos de treinta centímetros cuando tuve que arrodillarme y meter las manos para despejar la figura redonda de una lata de galletas, oxidada con todo y que estuviera envuelta en un costal, pesada como un meteorito, repleta de centenarios. Sepultada entre las monedas, una bolsa pequeña de terciopelo guardaba un puñado de joyas: una gargantilla de diamantes, unos aretes de madreperla, un listón que engarzaba una docena de anillos de oro. La sola fascinación me hizo tomar uno y ponérmelo, el más simple, que tenía una piedra roja en el centro.

Escuché el chasquido de la reja y me incorporé alarmada, tres segundos me bastaron para tapar la lata, doblar la boca del costal, enmascarar el hallazgo con un poco de tierra y cubrirlo con el arbolito de aguacate superpuesto en el agujero, con todo y el hule negro. Me sacudí el polvo y fui al encuentro de Zuri, que daba voces desde la entrada llamándome por mi nombre.

¿Me puedes ayudar, por favor? Había un coche estacionado afuera de la casa y la cajuela estaba cargada de material de fotografía, postes, tripiés, lámparas y estuches. El coche se fue y subimos las cosas al altillo. Zuri estaba sorprendido de ver el espacio remozado, las vigas libres de telarañas, traslúcidos los cristales, el *parquet* recién pulido. Lico y yo habíamos tenido el cuidado de juntar las cosas y cubrirlas con plástico para arreglar un extremo del altillo, y una vez que terminó esa parte las cambiamos de lugar para que trabajara el otro lado. Ahora solo era cuestión de acomodar las cosas más o menos como estaban: el baúl, la otomana, los estuches de las cámaras, el biombo, la utilería, los estantes y las cajas.

Zuri miraba el espacio con los brazos en jarras como si hubiera trabajado hasta el agotamiento y apreciara satisfecho el resultado. Soltó un respiro hondo y dijo hay mucho por hacer. En seguida tomó del suelo una de las estructuras y con manos torpes comenzó a armarla. Me invitaron a colaborar con una serie, dijo. Quieren todo en análoga. Iba y venía por el altillo desembalando las cámaras, abriendo los estuches. Son seis imágenes basadas en una novela, por el cincuenta aniversario de su publicación o algo así. El autor era amigo de mi tío, fueron compañeros en el colegio. Mi tío estaba trabajando en eso cuando se enfermó y me contactaron para ver si podía hacerlo yo. Pagan bastante bien —Zuri estaba ajustando la cabeza de una de las lámparas con una tuerca mariposa—, pero tengo muy poco tiempo, quieren que entregue las impresiones pasado mañana, es una locura. La tuerca se le escapó de las manos temblorosas y rodó por el suelo. Me agaché para levantarla. Estaba pensando que tal vez podrías ayudarme a posar... Sentí el peso del metal en el hueco de la palma. Son solo seis tomas, no es tan complicado.

Para la penúltima fotografía me recuestas en el suelo, sobre una lona color hueso. La cámara está sobre mí, asegurada al travesaño en lo alto con una zapata especial para hacer tomas cenitales. Es momento de conjurar al dignatario, el hombre de letras, el que dice «sea» para que la realidad se manifieste. El que dice «hágase» para que el fuego se empiece a consumir. Yo estoy sostenida en un entresueño plácido que todo lo desatiende y no me interesa saber de mí ni del presente ni del miedo, todo eso se encuentra lejos, tan lejos que la escena parecería un diminuto circo de pulgas dentro de una caja de vidrio del tamaño de un pendiente. Si quisiera verla, tendría que usar una lupa. Pero por ahora mi atención se centra por completo en la piel, en la cosquilla de un pincel húmedo que me recorre trazando signos propios de un grimorio en los brazos, en la cara y en las piernas. Huelo la tinta. Levantas el pincel para mojarlo en el frasco, escurrirlo en el borde y seguir. Puedo interpretar con la piel lo que escribes: debajo de la mama derecha dibujas una primera línea de las letras del abecedario. Pienso que no van a caber, pero te las ingenias para distribuir las veintisiete letras en tres renglones. La x, la y y la z quedan a un lado del ombligo, que hace las veces de punto final. En el bajo vientre escribes los números del cero al nueve y sobre el pubis, con letra más pequeña, la leyenda *good bye*. Por último, escribes *yes* en el pezón derecho y *no* en el izquierdo. Esperas a que seque la tinta. Siento el frío del líquido que se evapora para dejar sobre la piel la mezcla de carbón y melanina de calamar. Te alejas. Escucho el chirrido característico de una escalera de aluminio y deduzco que debes estar arriba enfocando la toma. Un tacto empieza a recorrerme. Va de un signo a otro, como los niños que apenas aprenden a leer y siguen con el índice cada letra. Es una cosquilla como de ala. ¿Estás aquí? Oigo que preguntas desde lo alto, casi a modo de juego. El tacto se arrastra y se detiene sobre el pezón derecho. El dignatario está listo para dictar la sentencia.

Hay una fiesta o más bien una tertulia. Los muebles de la sala fueron corridos hacia los muros, personas bien vestidas, aquí y allá, llevan un vaso en la mano o una copa, sonrientes y en silencio. Los invitados permanecen quietos, sentados unos, otros recargados en los muebles, otros más rodeando el comedor lleno de charolas con bocadillos: los *bastelle,* la *anchoïade,* los *crostini* de jamón serrano, el *foie gras,* el *brioche* tostado, la tabla de quesos: el *banon,* el *brie* de Meaux y, por supuesto, el camembert; los vinos... Entre la chimenea y el comedor, un violonchelista espera con el arco envarado sobre la rodilla.

Todos prestan atención al hombre que lee, sentado en el sillón individual, con la pierna cruzada. Su mano derecha sostiene un *old fashioned* con una medida de ginebra. La mano izquierda mantiene abierto el libro de tapas rojas. Su voz es ligeramente gangosa y el ritmo de la lectura es tan acompasado que mesmeriza. Bebe un trago y prosigue: «Es preciso ver la magnitud del esfuerzo que desarrolla el Dignatario antes de poner al descubierto las costillas del hombre, para comprender cuál es exactamente la capacidad y la resistencia de la carne. El supliciado nunca grita. Los sentidos quizá se vuelven sordos a tanto dolor. El Dignatario se aleja y se coloca en el lugar en el que aparece en la fotografía. Desde allí ordena a los demás verdugos, mientras se enjuaga las manos manchadas de sangre, que procedan al descuartizamiento...».

# TRES
# RESTAURACIÓN

Trazo la quinta línea, la penúltima, sobre las otras cuatro. Tres *yin,* línea partida: logra restaurar con éxito lo dañado por el padre.

Es el mismo mar. Un mar con el que ya he soñado, solo que ahora las aguas están más agitadas y turbias. Las olas se baten en la orilla y muerden con rabia el pan amable de la costa. La oscuridad se cierne a mis espaldas y corro para huir de ella. Siento el cuerpo pesado, las piernas se me acalambran por el esfuerzo. No quiero volver la vista atrás. Me aterra saber la proximidad de la sombra. Sé que me pisa los talones. Sé que si me alcanza va a matarme. El miedo me araña la espalda. Me estoy quedando sin fuerza. Veo hacia abajo: mis pies se clavan en el suelo como raíces de arena. Mis resuellos se confunden con el tronar del oleaje. No me basta el aire que aspiro para seguir corriendo, no me basta, me asfixio entre jadeos mientras que una ola más grande me lame los pies y chapoteo sobre el manto de agua. Veo a una mujer que se aproxima y me pasa de largo. Soy yo. Reconozco mi cara en el instante en que nos cruzamos. La mujer se entrega a la fuerza oscura que me persigue y el horror que eso me causa me impulsa a seguir corriendo aunque sé que me acerco al final. Sé que tendré que arrojarme a las olas para que sea el mar quien me trague.

Desde temprano bajé la máquina de coser a la sala porque necesitaba más espacio para extender la tela de las cortinas. Extiendo el rollo de tergal sobre la mesa del comedor y corto la medida de cada ventana tomando en cuenta los pliegues y el descolgado. Vestir la casa me permite evocar un aspecto de la restauración más maternal y cálido. No se trata ya de hacer que las cosas funcionen, sino de dar al espacio su cualidad hogareña. La costura me permite volver de algún modo al regazo de mi madre, a la luz tibia que rodeaba sus manos. Ensarto la máquina para bastillar los bordes. Pliego sobre sí la orilla de la tela una, dos veces. Prenso el doblez bajo el pie de la máquina y piso el pedal, la banda se tensa, activa el mecanismo que hace subir y bajar la aguja, primero despacio. El hilo blanco se deslía del carrete, pasa por las trampillas, por los tensores, baja hasta el ojo y entra en la tela; entra y sale, entra y sale, puntea una línea recta, muy larga. Tac-tac, tac-tac, suena el concierto de las piezas metálicas. Debo centrar la atención en el punto donde la aguja se ensarta y cose en su tránsito de arriba hacia abajo y hacia delante y otra vez arriba. El hilo se somete a la línea de pespunte, una raya tras otra, tras otra, perfectamente iguales. Puntada y contrapuntada se alternan en un ritmo que parece perpetuo. La derechura de la línea depende de mi capacidad para dirigir el rumbo. La tela va quedando aprisionada bajo el acoplamiento definitivo del hilván. Tac-tac, tac-tac. El arrullo acompasado de la máquina disuelve la noción del tiempo, la memoria del instante persigue sus propios pasos, el presente se pisa los talones y se duplica. Cinta de Moebius cerrada en un bucle que no termina nunca, que no termina nunca, que no termina nunca. De pronto un ruido en síncopa me saca del trance, un golpeteo que no proviene de la máquina, sino de la ventana. Del otro lado del vidrio hay una palomilla de San Juan que se da de topes desesperada por encontrar refugio de la oscuridad que amaga afuera.

Recuerdo que cuando Eligio me trajo a vivir aquí me ilusionaba la idea de aprender decoración y arreglar cada cuarto con un estilo diferente, con lámparas de diseñador y papel tapiz de colores combinados con los muebles y las alfombras. Me dijo que podía hacer lo que me diera la gana, que podía sentirme a mis anchas y mover lo que yo quisiera, excepto el cuarto que hay allá abajo, en la parte trasera de la casa, que es donde revela sus fotos y guarda las cosas de su trabajo. Ahí tengo prohibido entrar. No puedo asomarme ni siquiera cuando él está trabajando. Exagera. Dice que voy a echar a perder sus rollos, pero estoy segura de que lo dice solo por asustarme. Ha de guardar ahí alguna cosa que no quiere que vea. Como si no supiera yo que se la pasa fotografiando mujeres desnudas. Y bueno fuera que solo les sacara fotos. Pero a mí ya no me importa, que haga las cochinadas que quiera mientras a mí me deje tranquila. A menos que oculte algo más. Apuesto que ahora que él no está podría entrar y ver lo que esconde. Ni cuenta se daría. Deja la llave colgada en el perchero junto a la puerta, como para provocarme, como si en parte quisiera que entrara a ver lo que esconde. Creo que ya nada de lo que pueda encontrarme ahí me sorprendería. Pero vivo con un hombre que me aterra y es por eso que necesito ver por mí misma, saber de lo que es capaz.

·

La palomilla insiste. Topa una y otra vez y en cada intento se rompe las alas contra el vidrio. Insiste hasta que por fin encuentra la ranura en el cristal roto. Se posa un momento en el filo y entra, vuela por toda la estancia. Sus ocelos divagan en busca de algo. Pensé que se sentiría atraída por la luz tibia de la máquina de coser, que tendría que espantarla para que no viniera a ensuciar el tergal blanco con el polvo de sus alas, pero su vuelo oscilante se aleja de la luz. Va hacia el recibidor, ronda la percha junto a la puerta de la entrada y prende sus patas en una de las llaves. Justo en esa llave. La duda cae sobre mi cabeza. Dejo que resbale la orilla drapeada al pie de la máquina de coser y me levanto. Voy hacia la percha. Me acerco y observo la palomilla de San Juan. Su tamaño y su forma son los de una polilla común y corriente, pero sus alas son rojas como polvo de *sindoor,* como sangre seca. Algo, tal vez su fragilidad, me incita a aplastarla. Acerco la mano. Va a volar cuando sienta mi tacto, pienso, pero no se mueve. El polvo de sus alas es impalpable de tan ligero. Hago una pinza con el índice y el pulgar, y oprimo su cuerpo de migaja sobre la cabeza de la llave. Estrujo con la yema el esqueleto. Ella agita las alas en un leve estertor, lo rojo se impregna entre las ranuras del metal, en los relieves de la palabra Yale, penetra en las partículas de estaño y cobre, escurre por el vástago dentado. Cuando me doy cuenta, tengo la llave encerrada en la palma. Siento su peso. Ya no hay marcha atrás. Llave y rojo son una misma cosa: lo que abre.

L̲a Castañeda era una sucursal del infierno en la tierra. Allá iba Oralia todos los viernes, con su canasta. Le daba de comer, la bañaba con jabón, le ponía la bata limpia y masajeaba sus pies helados, aunque para el segundo mes la señora ya estuviera ausente de sí. Había muchos casos parecidos. Los manicomios eran cárceles sin ley a donde mandaban a las mujeres por cualquier cosa. Si no estaban enfermas, ahí las enfermaban con sedantes para caballo y electrochoques. Oralia se sentaba en una banca del patio y, mientras esperaba a que se la llevaran, llegaban a sentarse junto a ella toda clase de locos; hombres y mujeres, pero más mujeres que de la nada se ponían a hablarle: yo quería viajar a Sinaloa a ver a mi mamacita, y pues se me hizo fácil agarrar el coche de mi marido porque no tenía dinero para el pasaje. En el camino me agarraron y me trajeron para acá, pero es nomás para darme un susto, estoy segura de que mañana viene mi esposo por mí y me lleva / Todos se fueron: mi primer marido, mi hija se casó a los quince, mi otra hija que se tragó unas pastillas y también se fue, mi segundo marido, mi hijo. Todos se van y la dejan a una sola, qué querían que hiciera yo si me dejaron sola / Es pendejo, pendejo, pendejo. Por su culpa, no por la mía / Una madre debe estar con su hijo, debe verlo crecer, debe cuidarlo. Un hijo tiene que estar con su madre, si no, luego se hacen viciosos. Mi hijo ya era un vicioso, por eso mejor lo maté / Yo trabajaba mucho, diez, quince hombres me echaba todos los días. Pero pues cualquiera se hace vieja. Una vez se me pasaron las cucharadas y amanecí ahí en las escaleras, fría como paleta de limón. Veces una pierde la cabeza y ni se acuerda de nada. Yo solita me metí porque sabía que no me quedaba nada y aquí adentro debían tener aunque fuera un atole o algo / ¿Las encontraste, Oralia? ¿Fuiste por ellas? Por favor, ve por ellas, Oralia, te lo ruego. Te doy lo que me pidas, pero por favor, por lo que más quieras, sálvalas, llévatelas lejos, a tu pueblo, allá donde él no pueda encontrarlas. Por favor, por favor, por favor. Mátalo si es necesario. Yo por eso llevaba el cuchillo. Hay que matarlo, Oralia. Tienes que matarlo. Si no lo matas, él nos va a matar a todas. Hay algo que te tengo que decir. Es un secreto, una cosa muy fea, pero ahorita no puedo hablar. No me salen las palabras, ven mañana y te digo.

¿Mañana sí irás a buscar a las niñas? Te puedo regalar mucho oro. Toneladas de oro para que las cuides, para que las lleves al parque y les compres un helado, para que te compres lo que tú quieras, Oralia. Ven mañana y te digo dónde está. Nomás no le vayas a decir a él, eh. Prométemelo. Prométeme que vas a ir por las niñas, Oralia. Prométeme que tú sí vas a encajarle el cuchillo a ese monstruo. Tienes que matarlo para que ya no pueda seguir haciendo daño / Veces una pierde la cabeza.

Soy la que va. La que lleva la llave en el puño. Soy el movimiento que impulsa la planta del pie sobre el viento, la voluntad de saber, la impaciencia de clavar el vástago dentado en la cerradura, el ansia de darle un giro o dos y abrir. Soy quien penetra en la oscuridad para ver lo que hay dentro. Por un instante me es dado otro nombre. Me llaman curiosidad. Habito el cuerpo de la mujer. Soy aquello que la impulsa. Ella a su vez hace latir mis entrañas. Ya la hice cruzar el umbral entre la estancia y el antecomedor, entre el antecomedor y la cocina, que a esta hora, con la luz apagada, se sumerge en un azul plumbago casi nocturno. Avanza entre siluetas de muebles. Pongo su mano sobre la manija del mosquitero, empuja la puerta que da al jardín para que se agite el perfume fresco de las hierbas que crecieron en el huerto: ruda, romero y albahaca. Soy el ojo que habita detrás de la consciencia. Un ojo que sabe de manera anticipada, que imagina y desea encontrarse con lo mejor y lo peor, lo inesperado, lo terrible. Conjeturo lo que hay debajo de la tapa del cofre, de la caja, del otro lado de la puerta, tras los pesados cortinajes negros. Soy capaz de ver a través del empastado de los libros y de la persiana del secreter. Si me dicen que no mire, miro. Si me prohíben voltear hacia atrás, me convierto en estatua de sal. Como hace la *Condylura cristata,* rastreo con las valvas húmedas de mi acerada percepción el indicio más sutil de lo sorprendente, del horror. Piensa mal y acertarás, me digo siempre. Una vez que encuentro el atisbo de conjetura, el hambre despierta súbita. Un hambre de ver, de abrir me crece dentro como habichuela mágica. Lo que haya del otro lado es lo de menos, lo que yo quiero es rasgar el velo. El instante preciso en que lo oculto es revelado me agita el pulso. Para ejemplo están los gatos. El gato es mi esclavo. Rasguña la caja solo para asomarse a la oscuridad y al vacío, escucha un levísimo ruido subrepticio y se lanza decidido a meter la pata en el agujero negro aunque pueda ser lo mismo veneno que alimento. La persecución nos satisface mil veces más que la carne de la presa. Es este juego lo que le da sentido a todo lo demás. Si yo me ausentara, si perdiera mis ínfulas de animal poderoso, todas las personas que habitan en el mundo quedarían extraviadas. Pero me tienen, no les fallo. Si me alimentan, crezco. Si me ignoran, los castigo y les clavo puntas de alfileres en el cuerpo. Avanzo sobre el camino de ronda hacia la cara oculta de la casa. Hacia la puerta de la habitación prohibida. Siento crecer dentro de mí el impulso que me habita y me domina, que me lanza incertidumbres como bolas de nieve. Soy el instante previo. La suposición. Antes de abrir imagino lo mejor y lo peor: el tesoro y el hacha clavada en el centro de un tocón. La revelación del amor y el suelo regado de sangre. La epifanía y la muerte. En muy raras ocasiones, lo que encuentro es más horrendo que lo que puede ser imaginado.

Para la última fotografía hay un trípode en el centro del altillo, un caballete cuyas patas fueron firmemente clavadas al *parquet*. Voy a ser montada en él como una pintura. Harán de mi cuerpo una pintura. Alzan mi peso y apoyan mi espalda en el cruce de los postes. Se tensa la tijera de mis brazos atados detrás. Puedo ver mi reflejo en la lente: cinco aristas, el ideograma del número seis, la estrella de mar. Mi peso cae sobre el trípode y saca de sus coyunturas las cabezas de húmero, desgarra los ligamentos. Mis clavículas emiten un crujir de rama, como si allá afuera un rayo hubiera partido el tulipanero y se desgajara desde lo alto. Ellos hablan, escuchan música y hablan. El mayor da instrucciones. El menor dispara a discreción la Hasselblad, la Nikon, enfoca la Pascal, corre los carretes de las cámaras manuales y dispara. No es mi mejor ángulo, aunque mi torso estirado debe parecer esbelto. El dignatario da testimonio y aguarda en silencio, con las manos en los bolsillos, el momento para ocupar su sitio en la fotografía. El mayor es quien toma ahora la investidura de médico. Se viste la bata y empuña el filo. Hace correr el tacto del acero sobre la piel y sobre la carne con cuidado de no dañar más de lo previsto. El daño debe ser mesurado y preciso para que la presa siga viva, de lo contrario perdería su cualidad artística y caería en lo vil, en la vehemencia desfogada del carnicero. No se trata, pues, de ser vulgarmente violento, sino de ejercer ese daño con una delicadeza propia del cirujano o del pintor, del músico que sabe tocar las cuerdas y rebanar con mesura el arco. Una vez trazados los círculos rojos alrededor de mis pechos, como si en lugar de escalpelo hubiese empleado un pincel muy fino empapado de pintura roja, procede a arrancar como quien cosecha un fruto. Uno pensaría en el natural fluir de la sangre, consecuencia de la extirpación, pero la verdad es que el procedimiento fue realizado con tal maestría que la hemorragia apenas escapa del corte quirúrgico en dos hebras muy finas que corren hacia las ingles. Entre los dedos enguantados rebosan los racimos de ganglios, supura la linfa y azoga el tejido adiposo de los dos bulbos mórbidos que el hombre procede a colocar en el canope: el tibor de porcelana azul apostado en la repisa, junto a las flores muertas.

La interdicción resuena en la oscuridad con una voz como salida de los sueños. Puedes abrir todas las puertas de todas las habitaciones del castillo, excepto esa. De tal forma que, si llegaras a abrirla, podrías esperar cualquier cosa de mi ira. No la escucho, la sé. Late en la oscuridad porque estaba ahí mucho antes de que yo llegara, mucho antes de que moviera la cortina, antes de que girara el pestillo y abriera la puerta, antes de meter el vástago dentado en la cerradura, antes de ir sobre los pies de la casualidad, antes de aplastar el cuerpo frágil y rojo de la palomilla sobre la cabeza de la llave. Soy ella, la que duda. Es su tacto el que encuentra el diente del interruptor y lo enciende. Un destello apocado sangra los confines de los muros. La habitación es hermética y tiene las dimensiones que había calculado desde afuera, reducida en apariencia por el negro que recubre el techo y los muros. La luz, lejos de iluminar, hunde, somete la mirada al imperio de su rojura: roja la tarja salpicada de manchas, rojos los bidones de plástico, los embudos, rojas las estanterías, la mesa de luz, las jofainas de peltre, rojo el líquido revelador, rojo sobre rojo sobre rojo; ventrículo de cuatro paredes anegado de escarlata. Pasa de largo la amplificadora y la mesa de corte para ir directo hacia el tablero colgado en el muro del fondo. Ahí, prendidas con chinchetas, iluminadas por la roja transparencia de la luz de seguridad, se encuentra cierto conjunto de formas capturadas en el tiempo. Juego de luz y sombra cristalizado en una fina capa de emulsión sobre fibras de papel. Rasgos y figuras que son sinécdoque de una realidad incuestionable: una mujer descuartizada sobre un trípode, una sangrante mariposa de alas abiertas, un par de niñas de once o doce años, idénticas y horrendamente bellas, cuyo cuerpo se exhibe con una intención que no se corresponde con la infancia. Al principio me niego a reconocerlas, pero veo su cabello y siento en las manos la textura que conozco de tanto peinarlas; veo el encaje de sus camisones blancos y recuerdo que yo misma lo zurcí; veo su cara e identifico las pequeñas diferencias que me permiten saber a quién le estoy dando el beso. Comprendo entonces lo que la foto sugiere y la revelación cae sobre mi cuello como golpe de hacha. Veces una pierde la cabeza.

Estoy aquí desde hace no sé cuánto. Sé que hice cosas, que batí con furia el aire, que grité improperios y blandí mi odio. Sé que castigaron mi cuerpo perdido allá afuera, que me dejaron calva, que me pudrí en mi propia mugre y arrojaron mis restos a una fosa común. Pero en realidad yo de aquí ya no pude irme desde que cayó sobre mí la oscuridad. No puedo moverme, todo está oscuro. La oscuridad se tragó el mundo, las estrellas, la luna, el parque, las lámparas, los edificios, cayó sobre la casa. Es un mar de brea que no me deja moverme. No sé cuánto tiempo habré estado así con las rodillas pegadas al pecho, entrampada en el dolor que me atenazó con sus garras y que no me acuerdo ya ni qué lo causa. Quedó todo tan lejos que ya no me acuerdo de quién soy, solo a veces el dolor llega y rasga por dentro, pero ya ni siquiera recuerdo por qué. De pronto oigo un ruido en la puerta, el viento corre y la opresión libera mi pecho. Tanteo el suelo para salir. Afuera también está oscuro. Lo único que sobrevive a esta densa oscuridad es el resplandor tibio de unas brasas que iluminan la espalda de una viejita que anda entre las plantas, cuchillo en mano, cortando manojos de ruda, de albahaca y de romero. Tiene la cabeza cubierta con un rebozo jaspeado. Milagro que por fin se decidió a salir, dice y reconozco su voz, pero no puedo terminar de hacer memoria, debe ser alguien que conocí muy antes. Ándele, quítese la ropa para que se meta, las piedras están listas. La viejita hace un envoltorio con las hierbas y les murmura un rezo. Veo en el centro del jardín un hoyo en la tierra y un arbolito de aguacate que alguien empezó a sembrar, pero dejó la tarea a medias. ¡Es ahí!, le digo a la viejita y señalo el árbol y me siento aliviada, libre. Ándale, ya, que se hace tarde, me apura con un gesto. Dentro de la bóveda de ladrillo aguardan el fuego y el agua. Me quito el vestido, el brasier y la pantaleta. Tomo el atado de hierbas que ella me ofrece y me concede permiso. Entro de rodillas y siento una humedad del vientre cálido que me abraza. Mi corazón se desmorona como terrón bajo la lluvia. Siéntate en la piedra, dice ella. Dale de beber al fuego para que se abra la primera puerta. Extiendo la mano en la oscuridad y encuentro una olla con una jícara. Vierto el primer cuenco sobre los guijarros ardientes y los oigo chisporrotear. La mujer enuncia palabras que son como un canto. Pide por mí. El vapor llena el hueco. Mi cuerpo se convierte en llanto, en sudor, en cosa líquida; mis brazos y mis piernas se vuelven caudales. Preséntate ante el fuego, dile tu nombre. Le digo que no sé cuál es mi nombre. Entonces ella dice en su plegaria que me presento desnuda de nombre y me pide que vierta el segundo jicarazo. Crepita el rumor de agua, las partículas saturan el aire y yo me dejo llevar por la música de sus palabras. A cada tanto calla y espera a que yo abra la siguiente puerta, me pide que entregue mi hambre, mi desconsuelo, mi vergüenza. El fuego los recibe y los destruye. Se abraza mi alma al alma olorosa de la albahaca y el romero, restriego mi dolor en sus fibras. Me dejo arrastrar por el consuelo de la voz que dispone el orden de las cosas y me devuelve al lugar de donde soy: el miedo y la memoria se quedan aquí. El dolor se queda aquí. La angustia se queda y se queda el llanto, se queda la sangre, se queda el cuerpo. La música de las palabras me hunde en un mar benévolo que abre con su fuerza la hendidura por donde escapo al encuentro de una luz nueva.

Mi padre solía contar a los niños un chiste muy bobo y muy cruel; lo decía en forma de acertijo: ¿a quién le duele más: al perro cuando le cortan la cola o a la cola cuando le cortan el perro? La respuesta era que la cola debía sufrir más. Era la cola quien salía perdiendo la mayor parte; así esta despedida de pies y de pantorrillas que ya no son, que ya no están conmigo y deben estar llorando la pérdida de mi cuerpo. Hay mucha tristeza en saber que la célula de allá no volverá a estar con la de acá, tampoco el nervio; dejarán de tener correspondencia; cable roto, despedida, triste desamparo de fibras musculares que se sueltan para siempre. Los ligamentos, cansados de contraerse, se dan por vencidos; perdieron la tensión del extremo opuesto que los estiraba; la fuerza que los contrae hace que fluya la sangre por el corte transversal de las arterias. Cuando la cuchilla pasa por la piel, aplasta ligeramente el punto mullido donde ejerce la fuerza antes de abrir los bordes que no volverán a unirse. Sigue la vulva: el filo entra y la mano arranca los pliegues como pétalos de suculenta; abla el órgano del placer para convertir la boca en tajo y su silencio en río. El corazón, no obstante, sigue latiendo despacio, tranquilo, como si durmiera; no se da cuenta, es solo un tonto músculo que pulsa, un autómata, ya ni siquiera me pertenece. El cielo se abre allá arriba. Sexta línea, *yang:* ella no sirve a reyes ni a príncipes. Se retira para ir en pos de lo sublime. La idea de mí, la cosa que soy, deja de ocupar el espacio amplio de la carne y se encoge; huye del dolor y se acoge en un centro pequeñísimo. Escapa del filo. Va de un órgano a otro. Asciende por el esófago hasta llegar a la garganta, a la boca. Puedo sentir en la lengua la cápsula escurridiza como semilla de fruta. Se remueve. Rompe la pupa y nace. Aletea. Abro los labios y escapa en busca de la grieta, la rotura en el vidrio, el ápice de luz.

El recuerdo y el olvido se implican mutuamente como la cerradura y su llave. Nos damos cuenta de haber olvidado, de que estuvimos olvidando, en el instante en que la memoria dispara su rayo. Una puede estar de lo más tranquila en su casa, por ejemplo, cosiendo unas cortinas, sin darse cuenta de que ha estado olvidando algo importante, algo esencial, por ejemplo, que ha dejado de existir, que esto que una ve no es más que un espejismo. Un fantasma es un fragmento de memoria olvidado de sí. Podría ir y venir por las veredas de un universo inventado, colar café por la mañana, hornear pan, tomar un baño, cultivar en la tierra mis propios huesos y comer la fruta que de mis propios restos nazca hasta que se le borre la noción del día y de la noche, del espacio y del cuerpo. Pero el bucle se cierra sobre sí, la palomilla entra, se posa en la llave y yo abro, veo la fotografía y me doy cuenta de lo que soy. La memoria se puede recuperar, el olvido no.

Es viernes y el sol empieza a declinar tras las nubes. Una luz de ópalo ilumina la estancia principal y se refleja entre los muros recién blanqueados. Zuri está en el cuarto oscuro. Vino a imprimir las fotos que debe entregar mañana. La casa está lista. Lico terminó de pintar la herrería por dentro y por fuera. Es momento de pagarle. Pongo tres monedas de oro sobre su mano áspera y él sonríe satisfecho. Los niños lo esperan afuera, oigo sus risas cada vez más lejanas. Le pregunto si pudo cambiar la mufa del cableado, pero me dice que no, no ha vuelto a hacer nada de electricidad desde la vez que la instalación que él mismo hizo en su casa provocó el incendio en el que murieron él, su esposa y sus nueve hijos, que dormían apiñados en la misma habitación. Me cuenta que mi padre estuvo en el funeral, que lloró mucho porque nunca había estado en un velorio con tantas cajas y tan pequeñas. Lico se detiene junto al pretil y antes de salir lo veo ponerse su chamarrita color paja.

Ahora sé lo que tengo que hacer.

Regreso a la percha junto a la puerta y vuelvo a tomar la llave con la mancha roja. Salgo al jardín. Una vez más inserto en la cerradura el vástago dentado y le doy tres vueltas, ahora en sentido contrario. Mientras lo hago, escucho del otro lado el forcejeo, los golpes en la lámina, la agitación, los gritos de Zuri. Abran, ¿quién está ahí?

¿Tía, eres tú? No estoy jugando. Abran ya. Me alejo por el camino de ronda. Si hubiera cerca de aquí un lago o un mar, arrojaría la llave a sus aguas, pero tengo que conformarme con la coladera de la esquina.

Atravieso la calle, me acerco a la camioneta de Mario

y me recargo en la ventana del copiloto. Él se quita los audífonos. Está escuchando el partido. Alcanzo a oír el murmullo del estadio, la voz del narrador.

—Ya me voy, nomás pasé a despedirme. Muchas gracias por todo.

Él asiente y mira por el parabrisas como si estuviera manejando.

—¿La viste antes de que se fuera? —pregunta con voz triste. Parece decepcionado.

—No —sacudo la cabeza—. Pero me encargó que te dijera que por favor termines de plantar el arbolito de aguacate.

Mario frunce el ceño con algo de recelo y dibuja media sonrisa.

—¿Es en serio?

—Sí, nomás apúrale, que se hace de noche —le digo mientras me alejo y pierdo mis pasos entre las veredas del bosque.

Directora editorial: Carolina Orloff
Editor y coordinador: Samuel McDowell

www.charcopress.com

Para esta edición de *Restauración* se utilizó
papel Munken Crema de 80 gramos.

El texto se compuso en caracteres
Bembo 11.5 e ITC Galliard.

Impreso y encuadernado por Short Run Press Ltd, Exeter EX2
7LW, Reino Unido usando papel de origen responsable en
térmimos medioambientales y pegamento ecológico.